创意写作书系

超级结构

解锁故事能量的钥匙

[美]詹姆斯·斯科特·贝尔◎著
(James Scott Bell)
李安◎译

SUPER STRUCTURE

THE KEY TO UNLEASHING THE POWER OF STORY

中国人民大学出版社
·北京·

“创意写作书系”顾问委员会

目　录

第一部分 结构之爱

我在《从中间开始写你的小说》（*Write Your Novel From the Middle*）里为超级结构勾画了一个简要的提纲。本书将为这个提纲里的每一个步骤补充翔实的细节，并提供相应的窍门和技巧，保证它们可以应用到你们自己的写作过程中。

近年来，一种奇怪的模仿因子的突然出现，让我发现有必要写这本书。这种模仿因子认为，结构是一种针对创造力的糟糕的抑制剂，故事总是在忍受它的暴虐统治——故事就好像是斯巴达克斯，而结构就是整天都在鞭打他的奴隶主。可怜的斯巴达克斯！在这样的情形下，他无论如何也写不出他的小说了。

这是一个被误导的想法，而一个作家如果对此深信不疑的话，他的前景就显而易见了——他付出再多的努力也只能获得惨淡的回报。

当然，不是所有的作者都会在乎收益。在我家附近的星巴克咖啡馆里，有个家伙在用一台手动打字机写诗。他打出了一张又一张书稿，然后到处乱寄，期待着能用它们换到足够多的小费来买点咖啡。

他看起来挺开心的，他从不考虑结构。

然后，就是这位作家曾经来找过我，带着一个混乱到无法忍受的写作规划。他申明这是一件让人愉快的事情，他将在这个基础上写出一些美妙的篇章。

我同意他的观点。

然后，我告诉他，没有人会对他的作品感兴趣的。

因为那些付钱买小说的读者想要被一个故事牢牢地吸引住。他们想要沉迷在故事里面，关心书里的各种人物。他们想要在情感上经历这些神奇的情节，体验全部旅程，直到故事结束。

如果没有结构，这一切就不会发生。

我给出的证据就是道·莫斯曼（Dow Mossman）的例子。

从来没有听过这个名字？那你可以去找一张名叫《石头般的读者》（*The Stone Reader*）的纪录片光盘来看看。这里面讲的是一个拥有惊人天赋的作者，他能让他的散文产生独特的魔力。

他不具备控制情节和结构的能力，悲剧因此产生了。

道·莫斯曼写过一部名叫《夏日的石块》（*The Stones of Summer*）的小说。小说 1972 年面世，它以精装本的形式出版，人们对它寄予厚望，这部小说甚至得到了《纽约时报》(*New York Times*）的好评。

但是它遭遇了惨败，很快就绝版了，注定被遗忘。

这就是这部纪录片要讲述的内容。我将留给你自己去发现到底发生了什么事情，而我则对这本书本身很感兴趣。结合这部纪录片，巴诺书店再版了这本书，采用了一个价格合理的新精装版。我买了一本，因为我想知道自己是否错过了一部经典之作。

我在这里想要说的是：这本书的每一页都像是一些天生就具有节奏美（Beat）的散文诗，词语的选择、隐喻、丰富的文学想象力都让我感到惊喜。

大约每两页就会有一次惊喜。

然后我的大脑开始停止思考。这本书里的措辞太华丽，以至于无法支撑作品，因为它缺少了某类关键性的东西：

结构。

还有，一个设计巧妙的情节。

只有创造力和文字本身根本不足以形成一次令人满意的阅读体验。

这就是这本书的新版仍旧惨败的原因。

提起这件事情时，我对作者是满怀同情的，因为他明显具备纯粹写作的天赋才能。他应当做一名诗人，或者应当托庇于某位具有平衡技能的编辑的羽翼之下，就像麦克斯·柏金斯[①]为托马斯·沃尔夫所做的那样。

那位编辑应当告诉莫斯曼先生，他必须赋予他脑海里那些精彩的、神奇的、生动的场景和情感一种**形式**，正是由于后者，读者才能够理解他描述的那些事物。

翻译软件

我把结构称为“想象力的翻译软件”。结构选择了你的心灵和头脑里的情节，并把它转换为一个会使读者爱上的

① 麦克斯·柏金斯（Max Perkins，1884—1947）是美国出版史上一位传奇人物和编辑，曾为菲茨杰拉德、海明威、托马斯·沃尔夫、玛·金·罗琳斯等著名作家编书。——译者注

故事。

结构是故事最好的朋友。结构牵着故事的手，消除了故事在读者心中产生混乱感、挫折感、惊慌感的危险。

没有结构的故事就像是没有骨架的皮囊、离开了曲轴箱和内燃机的汽油，以及没有科斯特洛的艾博特①。

如果你无视结构，你的所作所为，就像一名葡萄牙游客想在一家中国台湾餐馆里点俄罗斯菜一样。

结构可以把故事的力量**释放**出来。

在我的群组博客射杀区里，评论者汤姆·库姆斯公开了他关于此事的一段感悟，这段感悟值得在此全文分享（已经他本人同意）：

> 某个令人惊喜的时刻——七年前在我的第一次小说写作课上。课程作业——通过与工作坊的同学一起讨论来写一个场景。
>
> 我写了一个基本上是自传性质的场景。一名急诊医

① 巴德·艾博特（Bud Abbott，1897—1974）和卢·科斯特洛（Lou Costello，1906—1959）是美国著名的喜剧表演搭档。——译者注

生/坐直升机出诊的医生飞到一个需要实施抢救的地方，那里有一个从游泳池底部找到的女性（女儿/母亲），她已经无药可救了。

病人的遗体被直升机带回医院，院方联系了她的家人，只告诉他们“去急诊室”。我写的这个场景描述了这位急诊室医生前往家属休息室，把死亡的消息通知她的亲人的情景。

这个“场景”里有死者的母亲、死者的10岁的儿子以及他们展现出来的令人难以置信的悲伤和勇气（尤其是那个10岁大的孩子）。

我无法大声读完这个场景，而是失声痛哭起来。

有三位同学为我提供了反馈意见，其中一位说：“我不喜欢这位急诊室医生，他太冷酷无情了。”

我无言以对。

这次课程对我影响至今的地方是……作家心灵/头脑里的东西如果不能用文字诉诸纸面的话，那它就是毫无意义的。具有挑战性的是，如何通过阅读这些印刷出来的文字，使得/允许读者去经历这些意义和情感。这是一种魔术。

从那以后，我在这一方面殚精竭虑。我非常感激你在如何运用创造这种魔法的工具方面的指导。

创造魔力不仅仅是一种游戏，而且需要做一些工作。要想让读者与你产生共鸣，就需要你的大脑的两个部分协调合作。不要只用到你的一半大脑，那是政治家们的做法。

要想打动你的读者，你得编织出一个梦，当人们发现你的书的时候，让他们乐于去阅读它。

超级结构将帮助你达到这个目的。

1 消除一些错误想法

让我花一点时间处理一些针对古老而优秀的结构的猛烈抨击。

首先，结构并不是“公式化”的，“公式化”是批评家们指责结构时所用的词语。他们认为，结构只是“按着编号顺序罗列”，而没有真正的核心。

这是一个不正确的定义。

思考一下：是什么东西使一个公式被制定出来。

它是**发挥了作用**的。

它经受住了检验，并被证明是可以信赖的。

如果你去见医生，需要打一针，那么你肯定希望医生为你开的是那种被反复使用并被证明疗效良好的针剂。

你不希望一位医生这么对你说：“那么，今天上午我试着用一些小苏打、水、胡椒粉和鸡内脏吧，我想看看这样对你是否有效果。你说呢?”

“呃，你说什么?”

“毫无疑问！我正在进行一次创新！只要按我说的做就行了！我不想被那些老派的观念和公式捆住手脚，他们在医学院里就想用这些东西塞满我的脑袋。嗯，我是一名叛逆者，我现在感觉好多了！请把你的袖子卷起来吧。”

没错，你想要这个公式。

亲爱的贝尔先生：

几年前，我在谢尔曼奥克斯[①]参加过您的情节与结构研讨班，当时，我正在写我的第一本爱情小说。将来还会有三本书面世，我被推荐为2014年“金子般的心”这一奖项的候选人，与蒙特里克爱情小说丛书签署了一份两本书的合同。这些成功在很大程度上是因为我遵从了您教授的情节和结构公式。您说得没错——公式确实有用。谢谢您！

谢利·切斯特·亚历山大

另一个不正确的论点，是认为结构总是会引出不真实的人物和老套的情节。

这是错误的观点。

事实上，当你正确地运用结构时，它会创造出让人惊喜

① 谢尔曼奥克斯位于美国加利福尼亚州的洛杉矶。——译者注

的情节，还有令人难忘的角色。

“但是结构扼杀了剧本！”怀疑论者大叫起来。

绝对不会。当你开始放飞你的想象和心灵，你点燃了去讲一个故事的热情，这正是因为你构思了一个情节（一个“如果……怎么办？”的情节）或者构思了一个人物，或者两者都有，看到正在发生的这些事情，你自己也会兴奋起来。

这就是你的剧本开始的地方。正是在这里，你激活了思想的火花，让它燃烧成原创的燎原之火。

不过，你必须在某个时刻为这一堆未经加工的灿烂夺目的东西加入形式，否则它将停留在那样的状态中，仅仅是一堆杂物。

还有一个关于结构的谣言是，它把写作的乐趣抽离掉了。

这是胡说八道。事实上，当你知道了结构是什么以及它是怎么发挥作用的之后，它会激发你的兴趣，就像你在操场上尽情舞蹈时的状态一样。你会确切地知道你在做的事情，没有什么比得上一名工匠运用知识、经验做着自己热爱的事情时具有的那种信心了。

我要澄清那种认为运用结构只是一种线性的数学式的处理过程的观点。这种论点宣称，讲授结构的老师试图向你推销一种观念，那就是你只要从头开始，一步一步地跟着走，一直到结束，你就能完全独立地写出一部小说或者一个剧本了。

这更是在说瞎话。

结构的适用性很强。你能够在写作的任何时候使用它。如果你属于拟定提纲写作的作家，你确实从一开始就能够为一个固定的情节设计出故事梗概。

如果你是一名凭直觉写作的作家（或者称“直觉式作家”），那么你可以在写作的过程中晚一点再组织安排整个故事。或者，当你发现自己正深陷那些杂乱无章的故事丛林而必须寻找一条出路的时候，你可以运用结构来解决问题。

一个人甚至可以在完全不考虑结构的前提下写出一份完整的草稿，然后把那份草稿当成一部完成了的小说的笔记和深层素材进行反复思考，但当你最终为这些素材加入结构时，读者才会开始关注这部作品。

路标的概念

我喜欢把超级结构看作各个场景或采访区域的路标。这个说法源于 E. L. 多克托罗在谈论小说写作时用到的一个隐喻。他说，我们在写一本小说时，就像在黑暗中打着汽车前灯行驶一样，你可以看到的最远的区域也只是公路上光线能够照射到的地方，不过，只要汽车向前行驶，你就能够看得更远。

关于这一点，我要补充的是，如果你知道下一个路标是什么，你就不会迷路或者驶向悬崖峭壁。

因此，在写作的时候，如果你开始琢磨下一个要去的地方，超级结构就会为你提供前方的路标。只要你朝着那个场景行驶，就一定会回到正确的道路上。

举个例子，假定你在你的小说里用 10 000 个单词写完一个章节，你不知道接下来该写什么。在你不知所措时你会怎么做？

你看到了超级结构，确定这就是你必须去的“制造麻烦”场景的地方。关于那个场景，你产生了各种奇思妙想。

就在你浮想联翩的时候，也许你又发现，在去往这一处场景之前，你必须赶赴另一个地方。太棒了！在沿途遍布小说的公路上，你给自已提供了更多的方向。

在一个接一个路标的指引下，你一字一句地写下一本厚实的、有创意的、情节精彩的书。

原来你根本就没有不知所措!

为三幕式结构辩护

在我早期创作的日子里，我参加了由两位当时很出名的小说“大师”组织的研讨班。

两位大师都用嘲笑比他们优秀的某位大师的主要观点来开始他们的发言。后者是三幕式结构的强烈支持者，他如此推崇这种结构，以至于把它称为所有伟大电影的“范式”。

这两位大师中的一位大喊：“根本不存在任何范式!”

然后，在接下来的六个小时的课程里，这位大师以他自己对小说的看法劝告我们，如果你正在按照线性的方式组织你的小说，那就把它分解为**刚好三幕**。

面对同样的情况，另一位大师做得漂亮多了。他的故事模式有许多可以灵活调整的部分，但是，当你后退一步来看时，你会发现这些部分是由一个不断流动的三幕式结构排列而成的。

实际上，我们天生被设定为用三幕的方式接受事物。大自然就是按照这种方式设置的。

我们出生后都会拥有一个儿童期（第一幕）。我们把最多的时间用于成人期（第二幕）。如果我们拥有一个漫长且完整的人生，我们会在第三幕时进入生命的黄昏期。

我们在早上开始一天的生活。起床，喝咖啡（如果我们没有这么做，就是把第一幕搞砸了），为那一天余下的时光做好准备。如果我们从事的是全职工作，我们会把一天的大部分时间用于工作（第二幕）。我们可能会出去享受快乐的闲暇时光，这是到第三幕了，我们在那里放松一下，然后去睡觉。

看到这个模式了吗？

工作的时候，我们会遇到一个需要解决的问题（第一幕)。我们花时间分析这个问题，弄清楚要做的事情（第二幕)。我们实施解决方案（第三幕)。

好莱坞电影业黄金时代的编剧、一流的伟大的电影剧本创作导师之一韦尔斯·鲁特（Wells Root）的书《编写剧本》(*Writing the Script*）中有一幅插图，这幅图把结构描述为一条湍急的河流：

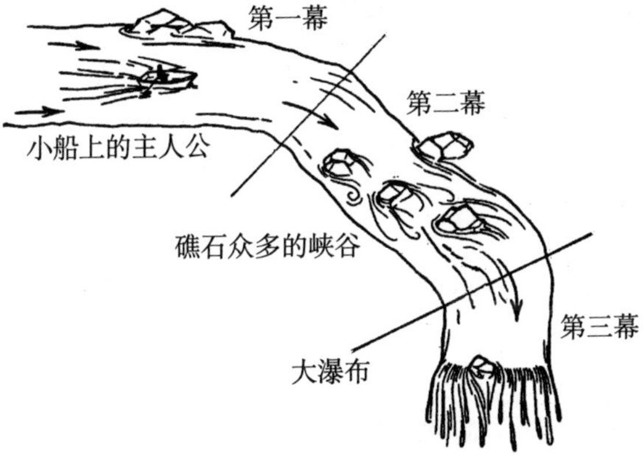

主角的故事必须在某个地方开始，当他处于上图所示的**运动**状态时，就最好不过了。这条故事之河连续不断地向前推进，而他已经身处其中。

所有的礁石和急流都在第二幕中。一切都在这里加快速度，直到第三幕，各种事件把我们带到一处瀑布前。我们无法停止，也不能后退。结局差不多要到来了。

在一定程度上，三幕式结构是不可避免的。

如果你希望向人们传递你的想法，那就要用这个结构。

所以，接受它，任由它向你的读者释放故事的力量。

毕竟，他们天生就是这样接受事物的。

“但我想要尝试新的结构！”

没有人会阻止你。你想要写一部“试验性的”小说？只管去做吧。

你的新作也会有一些读者的。

关键词：**一些**。

这不是对“打破规则”的试验的或文学的形式的一种非难。我完全赞成艺术家去做他们想做的事情。

就这么去做吧，但同时要睁大自己的双眼。巴诺书店里没有一个贴着**试验作品**标签的书架是有原因的。

你当然可以自己出版，或者尝试其他的方式。去放手一搏好了。

不过，你应当知道：即使随着对结构的理解的深化你的写作经验强化了，并且可以把它放在你的作家工作服口袋里以备随时取用，你还是应当做好在必要时退出来的准备。

因此，随心所欲地去玩吧，好好体验，玩得开心。

但是，也要时不时地回过头来温习这本书。我想你会很乐意这么做的。

2 论情节设计和直觉式写作

用一种相当具有洞察力的眼光来审视直觉式作家（在一个很好的“无约束的作家”（Writerunboxed）网站上），作家约翰·沃豪斯（John Vorhaus）承认这种写作练习让他恐惧：

> 接下来就是那样做的结果了。我用快得令人难以置信的速度写下了这些文字，初稿非常粗糙，极其丑陋。我把很多我知道可能不会成功的点子放进了剧本里，那些没有交代清楚的情节也没有删掉。凡是能想到的，我基本上都记了下来，无论我是否能把它们整整齐齐地编入故事中。按照这个模式，故事里需要解决的问题总是会迟一点才到来。
>
> 但麻烦的是：这些迟来的问题总是会来的。

而且，当它们到来时，有大量的工作需要去做，尤其是关于如何结束这个问题：

> 就这样，我被一个突然出现的、粗糙丑陋的初稿缠住了，到处是阴魂不散的没有交代清楚的情节，我

完全不清楚写作的主题是什么，而且——有一点可以肯定——故事的结局是百分之百写不出来了。我的初稿没有结局，原因只是在于我到此为止没有足够的资料去把它们写好。既然写得极其糟糕，我回头去看已写的东西，然后毫不意外地得出结论：“好了，嗯，现在我知道哪些不能写了。”

于是，我着手去做这件事情。

接下来这项工作变成花好几个月时间把原稿拆分开来再组合到一起的重复劳动。这位作家相信这是他创作小说的唯一方式。然而，他同时也认为也许有一个更好的途径：

还有，无论这项工作有多么容易或者艰难，总是可以学到一些关于我的写作进程的东西——某些我能够这一次拿掉而下一次又能用上的东西。例如这一次就让我知道，下一次写作时确实应当试着先拟定提纲。

当然，我不会这么做，但是能想到这一点就很不错。

在评论中，我建议他可以这么做：

你把直觉式写作的感觉描绘得很好，约翰。大多数和你一样的人都经历过同样的事情，你特别强调了你在寻找你想要讲述的故事和想要达到的结局时花费的时长。

这意味着你本质上是一名拟定提纲写作的作家。你只是在专心致志地使用一种效率可能有点低的方法……

我的意思是，那份你称为“初稿”的“粗糙、极其丑陋的”东西真的只是一份相当长的写作记录，记录了你作为作家的大脑里想到的一切……然后你试图把它们井井有条地整理出来……这相当于在拟定提纲。你花了几个月的时间沉迷于你热爱的最初原创的过程和写作之中，是可以理解的。但接下来，让你紧张的事情出现了。要是我花了好几个月的时间，还是没有写出一本包含有价值的故事的书出来，我该怎么办？

即使是提纲式作家，他们也会写出同样“粗糙而且丑陋”的东西，只是用的时间更少。因此，他们会把主要的写作精力放在一个可以编辑形式和风格的条理清晰的初稿上。在实际开始撰写一份稿子之前，他们会先把原材料一股脑放进初步设定的、具有创造性的模式里（至少我过去就是按照这个流程去做的）。我们在其中获得的乐趣不逊于直觉式作家在日常写作中获得的。在这个模式里，我们让角色“成长”和“呼吸”（这个部分我用了《声音杂志》（*Voice Journal*）的一个说法，这个说法非常有意思）。

最后，当我们知道要写出来故事只需要几天或几周，而不是几个月时，我们会如释重负。我们知道故事中的人物关系足够复杂，具有旺盛生命力的情节会使故事稳步向前发展。在发现一个场景是如何发展的、人物是如何推动进程的（这一点我们已经知道了），以及他们是如何把对白当作一种手段的等过程中，日常的写作充满了乐趣。

如果有需要，这一切随时都可以更改。我曾经遇到人物无法离开某个场景的情况，于是我在故事发展到一半时替换了反面人物。但故事的框架还在那里，人物关系和概念已经建立起来了，所以，我仅仅是改动了一些周边的细节。同样的事情，一位直觉式作家要到最后时刻、被逼得没办法了才去完成。这只是因为这件事情具有工作的性质，对他们来说做起来没意思。直觉式作家的座右铭也许是“今天能做的事绝不拖到明天……或者六个月后!”

我认为最重要的一点是，直觉式作家都非常欣然地赞同雷·布拉德伯里（Ray Bradbury）的一句格言：“我们在写作时必须保持迷醉的状态，这样现实就不会摧毁我们。”迷失在日常语言中，不知道它们将把你带到哪里，是令人陶醉的事情。把混乱的局面变得秩序井然，则更像是在工作。

当然，布拉德伯里就是伟大的直觉式作家中的一员，但是请注意：他最好的作品是短篇和中篇小说。

好了，不知不觉地我感觉我在这儿像在写一份诉讼摘要，为我喜欢的方法进行申辩。但我的做法和律师不一样。我确实提醒我的学生中那些死板的提纲式作家要放松。但我也向“纯粹的直觉式作家”发出警告。

> 我只是希望作家们能写得开心，事半功倍，成绩斐然……这可能意味着要尝试一种新的做事方式，同时让人变得更加开心！

针对以上评论，我的经纪人、朋友、同行以及写作导师唐纳德·马斯（Donald Maass）补充道：

> 我同意吉姆的观点。直觉式作家的初稿就是一份提纲，或者也许更像一种自由写作，里面的观点还有待组织梳理。
>
> 我也赞成吉姆的另一种观点，即直觉式作家可以在工作中采用其他的方法，这些方法在他们的写作中能发挥作用。我感觉你描述的“把愚行排除在外”的方式是合理的，但这是一种进展很慢的方法。
>
> 还有其他的可选项。

在本书中，我想为大家提供一种可选的方法。我喜欢凭直觉写作的朋友。让我们去看看我们可以一起做的事情。

“但是，我希望情节迂回曲折，没有人知道将来会发生什么！”

我曾经听到一些作家说过如下类似的话：“我只是信笔写下去，让事件自己发展。我也要到故事结尾才能知道凶手是谁。别忘了，如果连我都猜不出哪一个人是凶手的话，读者当然就不会知道了。”

这是一种有趣的但会让人误入歧途的态度，这种态度事实上与结构没有关系。就算是这样，你还是得写一个让人满意的结尾，而如果它没有足够的说服力，你还要弄清楚这个结尾是如何写出来的。

这就需要了解结构的运作方式了。伟大的编剧、导演比利·怀尔德（Billy Wilder）曾经说过：“如果你在第三幕中出现了问题，那么真正的问题应该在第一幕。”

如果你知道每一幕剧应该做些什么，你就能够解决一大堆书中的问题。

这就是我写出超级结构的原因。

3 如何运用超级结构

不久前，我收到一封一位大学新生发来的很棒的邮件，邮件里面有一个很好的问题。在我的《从中间开始写你的小说》这本书里，我简单地提到了超级结构的节拍。我的通信者就此在信中写了这么一段话：

> 我正在读《从中间开始写你的小说》，因此有一个问题：当第二章结束时，在没有增长的力量、熄灯、Q元素、最后的战役、转换这些路标指引的情况下，还能写出一个好故事吗？这样做是否会导致故事失败而中断呢？比如说，人物要反抗他的命运，情节将由此继续发展下去，但他却没有这么做，这样会创造出一个出色的沮丧者的形象，还是仅仅是一种糟糕的写作？

对于一个刚开始写作生涯的人来说，这个问题提得很有见地。我在回复中这么说：

> 你谈到的是一个至关重要的问题：作为作家和艺术家，你对故事如何发展和希望故事表达什么思想拥有最终发言权。结构会在这里引导你的写作，它绝不会让你

失望的。但如果你看见了一条路——或者说故事似乎鼓励你跳入一个黑暗的洞穴——那就去探险吧。就这么纵身一跳，看看会出现什么情况。不要担心走得太远，你总是能回到结构的身边，而它则会永远敞开怀抱，等待着你的到来。

永远不要认为你尝试的这些路线是“糟糕的写作”。不要这么想，这很重要。你的具有创造性的自我需要驰骋的空间。等到跑得喘不过气来的时候，你可以休息一会儿，评估一下已经写出来的文字，然后做出明智的决定。

结构可以帮助你了解更多的情况。

你称为“沮丧者”的形象可能是另一种悲剧描写手法。那是在一个可能发生转换的地方出现了一次获得（针对自我的）胜利的机会，但主角却拒绝了。在这种情况下，结构仍旧发挥着作用，它给读者一种感觉，那就是主角确实是想这么做的，只是没有做成而已。也就是说，最后阶段的转换没有实现。

至于你说的被“中断”的结尾，则取决于你自己的想法。如果读者读完“第二幕”后突然发现，因为主角停止“反抗他的命运”，而使对抗结束了，他们可能会相当震惊。突然的中止会让读者疑惑：“就这样了？这就结束了？还是他只是停止了反抗?”

如果你在读到这样的结尾时产生了这样的感觉，你会怎么做？回头看看能不能填补更多的缺口。到故事结束时，主角已经经历了各个不同的阶段，然后才被打败了，这样安排会好得多。在这里，结构将再一次告诉你怎么做。

只要把这个过程说清楚了，沮丧者的结局就不是问题。很多作家选择了基于这样的主题和世界观的题材。最重要的是你如何完成这次写作，在这方面结构会帮助你……只要你想去做！

你骨子里是一名艺术家。你是最终的决策者。如果你是一名真正的作家，那么你就还是一名终生都在学习写作技巧的学生。所以，在你需要结构的任何时刻，都让它成为你的教授吧。

下面这些小窍门会让你变得创意倍出、文采飞扬，并且让你的小说从超级结构那里获得超强动力。

准备写作

一个故事怎么开始？我说的不是你在第一页要写的内容。我要说的是你的**构思**，你的思想的火花。

这个火花什么时候开始点燃呢？在你开始拓展故事的地方。

这是一片天然的、令人兴奋的荒原，没有任何规则、结构或形式。在这个时候，你可以释放自己，全面爆发，之后去捡拾那些思想碎片。

不过，到了某个时刻，你就得整理你那个膨胀的宇宙了。

正如伟大的德怀特·斯温（Dwight Swain）在《畅销书写作技巧》（*Techniques of the Selling Writer*）中说的那样："兴奋起来！不断追寻，直到你发现能够让你有反应的事物。

它让你的感觉越强烈越好。”① 他所说的就是这个初始阶段，它是**情感得以建立的基础**。无规则流派的艺术家认为，这就是写一部小说所需要的全部内容。

但是，斯温不是这样想的。在同一页的后面，他写道：“当你找到了感觉之后，规则迟早会派得上用场……帮助你找到最好的方法，把那种激动人心的东西诉诸笔端”②。

换句话说，结构和设计情节的技能可以把你的满腔兴奋转化为纸面上的文字，于是读者就能和你一起分享这些情感了。

现在我要说的是，“按常规写作”不是某些人想象中的那种妖魔鬼怪。它确实是能够用于实践的，而且运用后肯定能有所斩获。例如，厄尔·斯坦利·加德纳（Erle Stanley Gardner）从来就不会被误认为是一名诺贝尔奖的获得者，但是他曾一度是全世界的畅销书籍的作者，他为自己量身打

① 德怀特·V. 斯温．畅销书写作技巧．唐奇，上官敏慧，译．北京：中国人民大学出版社，2013：9. ——译者注

② 德怀特·V. 斯温．畅销书写作技巧．唐奇，上官敏慧，译．北京：中国人民大学出版社，2013：10. ——译者注

造了一个神秘的公式，并照着这个公式写出了佩里·梅森(Perry Mason) 系列小说。

加德纳运用一种他自行设计的“情节之轮”开启了一次情节上的头脑风暴。他会像一个人设计复杂的捕鼠器一样琢磨出一个个盘根错节的故事情节，然后在几周或者几天内写出这本书。一般情况下，他通过口述给一位速记员的方式完成这项工作。

他依照这种方法过上了非常惬意的生活，那些和加德纳一样睿智、进取的人可以效仿这种做法。

我对此持中立态度。我喜欢写恐怖小说，喜爱阅读这一类作品，蜿蜒曲折、突变急转、动作丰富的情节最对我的口味。

但我也喜欢伟大的作品。我喜爱那些吟唱出来的美妙的句子。那些想要超越取悦于人的外表、探索更高境界的特殊类型的著作是我阅读时的首选对象。

我最喜欢的作家之一是约翰·D. 麦克唐纳（John D. MacDonald)，他在今天最广为人知的身份是特拉维斯·

麦基（Travis McGee）[1] 的创造者。不过，他在 20 世纪 50 年代写出的一系列平装书，让他成为那个时代的高产作家群里的顶级作家。

他曾经说过他想要在一个作家身上寻找某种东西，我喜欢他的这种说法，把它称为麦克唐纳信条。他的原话如下，摘自他的短篇小说选集《过去的好东西》（*The Good Old Stuff*）的序言：

> 首先，必须有很强的故事感。我希望通过琢磨接下来会发生什么事情的方式激起我的好奇心。我希望我读到的书中人物身处困境——情感上的、道德上的、精神上的困境，诸如此类。在他们寻找解决这些困难的方法时，我希望自己和他们在一起。
>
> 其次，我希望作者能让我暂时搁置对他的质疑。我希望自己能置身于作者构建的、现实生活之外的场景中。

① 特拉维斯·麦基是美国悬疑推理小说家约翰·D. 麦克唐纳（1916—1986）创作的一系列小说（共 21 部）的主人公。——译者注

最后，我希望他的散文风格的文字带有一点奇异的魔力，包含一些毫不张扬的诗意。我希望有能够实实在在地唱出来的词和短语。而且，我喜欢嘲讽、务实的态度，喜欢那种事情必然如此的感觉。我认为写作——好的写作——应当像听音乐一样，你能够分辨出它的主题，看得出作曲家对这些主题做的处理。然后，就在你认为自己已经充分理解了他并且摸清了他的创作方法的时候，他在这里又插入了一些奇怪的现象，情节上又有了一点意外的转折。它们是如此出乎你的意料，以至于你会带着一种愉快而兴奋的感觉继续往下读，即使它可能是那本书中一处极为可怕血腥的部分，这是因为它所显示出来的才华吸引了你。

所以，我希望我读到的书故事性强、妙语连珠、具备音乐之美、不乏讽刺、色彩生动，还要反映现实。我在写作时也要求自己尽量做到这些。

这是一种令人满意的写作方式，至少对于我来说是。而且它也可能适用于你。

再次引用斯温那本著名的书里的句子："感觉会告诉你那些想要说出来的话。你在说这些话时，技巧会为你提供相应的工具。"

感受，全身心去感受。但是，永远不要认为这样你就能写出一本畅销的小说。技巧就像生活必需品一样不可或缺，超级结构是其中的一部分。它是"两者都是/以及"中的必选项，不是"两者择一/或者"中可忽视的选项。

记住，你的小说与死亡有关

在写作过程中以及涉及结构问题时，我会强调一部小说的总体情节取决于里面的某一位人物面对死亡的方式。

如果没有涉及生死，人物关系就不够复杂。

到目前为止，有三种类型的死亡：肉体的、职业的、精神的死亡。

第一类死亡是恐怖小说的材料。在这一类作品里，通常会有一个坏人或者一群坏人，想要杀死一个好人。

第二类死亡出现于主角的职业是其行为发生的原因的场

合。例如一部没有涉及肉体死亡的法律类恐怖小说，它可以是一名律师接手了一桩案子，而身为作家的你必须明确这一点，即对于这位律师来说，这桩案子与他的职业休戚相关。如果他在诉讼中失败了，这意味着他的信誉受损或者实践能力上的失败，或者将被取消律师资格，这对他来说是很重要的。

第二类死亡也可以是这个人物身负的或者强加于他身上的某个角色的死亡。在《克莱默夫妇》(*Kramer V. Kramer*)中，一位勤奋工作的父亲突然间必须与儿子朝夕相处。如果他不能够成功地满足这个角色对他的要求，就会面临失去对他唯一孩子的监护权的危险。作为一个父亲，那样就是他的“死亡”。

最后，还有精神上的死亡。这种死亡的主战场在主角的内心世界里。这个人物正在追求自身作为一个个体的人的品质，追求作为一个完整的人的属性。如果他没有实现这个目标，这件事就像是“精神的死亡”。

一个例子是珍妮特·菲奇（Janet Fitch）的《白色夹竹桃》(*White Oleander*)，这部小说写的是一名女孩被推入了寄养制度中，这会给她带来永久性的精神创伤？还是她的内心将会由此变得更加强大而完整？

《麦田里的守望者》（*The Catcher in the Rye*）写的是一个青春期男孩在这个世界里寻找真实性的故事。这不是一种毫无意义的找寻。作品中写得很清楚，如果霍尔登·考尔菲尔德没有找到它，他或者会出现长期的心理问题，或者甚至可能自杀。

这几类死亡中，应当有一种成为你的小说的主要题材。你应当在概括你的著作的主要情节时把三者中的一项编入摘要中。

例如，如果你要为电影《亡命天涯》（*The Fugitive*）写一份摘要的话，它应当是这样的：**理查德·金布尔医生错误地被判定犯下了杀死他妻子的罪行，他从一辆囚车中逃走并亡命天涯。他想方设法躲避针对他的全国性搜捕，因为如果他就这样被抓起来的话，他将在毒气室里被处死。**（肉体上的死亡）

《大审判》（*The Verdict*）写的是：**一名年老且嗜酒如命的律师，他作为律师的能力和手段都在衰退。当他接到了一**

宗他真心在乎的大案时，他知道自己必须打赢这场官司，否则他作为一名真正律师的生涯就到此为止了。（职业上的死亡）

你可以在故事发展到生死存亡的关头时写到不止一种类型的死亡。比如说，在《亡命天涯》中，倘若金布尔没有让他的妻子得到正义的话，他确实会在自己长眠之前让内心世界先行死去。不过，这里应该以肉体上的死亡为主。

撰写小说时，在主要情节里明确地界定出死亡的类型将会使你的故事朝着正确的方向发展。要是你一不留心出了岔子，它也会把你带回原来的轨道。

通过头脑风暴设计出一个故事的方法

有多少作家，就有多少种通过头脑风暴设计一个故事的方法，然而还没有任何一种方法可称为“正确”的。以下是我最喜欢使用的一些方法，你可以按照自己的需求随意调整它们。

记住，这是游戏的时间。在这里设计情节式作家和直觉式作家能够手牵着手四处闲逛，一起穿过由想象力汇聚而成的郁金香花丛！

白热化的文档

这可能是我最喜欢的一种方法。我从德怀特·斯温的经典之作《畅销书写作技巧》中学会了这种方法。不管你的脑子里出现了什么东西，以它开头去写一份文档，当故事和人物出现时，快速地把它们记录下来。放手去写，不需要思考太多。让你的潜意识把你远远地抛出去，抛到它想要让你去的任何地方。

写很多很多。

跟着那些已是离题万里的思路走下去。

然后，把这个文档放到一边，一天后再重新拿起它，为它做注释。你仔细地审视它，找到写得最好的部分，把你喜欢的部分标示出来，深化最初的那些思想，等等。

然后，写作再次变得如火如荼，把你的作家大脑里涌现的那些源源不断的粗略想法再添加进去。

第二天，你再次拿起这个文档，再为它做注释。这个做法你重复多少次都行。

在《从终身写作中得来的经验教训》(*Lessons From a Lifetime of Writing*)中，大卫·莫雷尔(David Morrell)推荐了一个类似的办法。他在他的自由文档中写入需要自己回答的一系列问题，比如：关于这个想法，我感兴趣的地方在哪里？我为什么想把它写下来？我如何才能思考得更深入一些？

它的关键点在于让男孩们在地下室里(用史蒂芬·金(Stephen King)绝妙的隐喻来说)忙得满头大汗，然后给你送出很多鲜活的写作素材。

我会在这个文档上花四到五天的时间，然后开始设计场景。

场景卡片

我喜欢带着一叠大约五十张的索引卡片去我家附近的我常去的咖啡馆，要一杯咖啡，坐在一张舒服的椅子上，然后开始想象各种场景，形形色色的画面在我的头脑中不停地变幻着。

每当脑子里闪现出一些生动的场景时，我就赶紧在一张卡片上把这个大致的想法记录下来。这个记录可能非常简单：在**酒吧与摩托车手打架**。或者可能会多写一点细节：**你追我赶着穿过了中心市场，他们互相扔东西**。

我会在匆忙之间写下这么几句话，它们会从我记忆之外的角度给我一些提示。我随身携带一本小词典，随机翻开，找到我看到的第一个名词。那个单词构成的新画面在我的头脑里翩翩起舞，于是我就用它去创造一个场景。

我会做出大约五十张场景卡片，这可能要花费几个小时，然后我像洗牌一样重新排列这些卡片，再随机抽出两张，去设想它们之间隐含的联系，这会带来更多的故事。

最后，我选出那些最好的场景，按照它们自然而然产生行动的顺序将它们组织起来。

接下来，我还会用 Scrivener 写作软件对这些场景用数字形式进行再创作。(我是 Scrivener 写作软件的粉丝，在组织一份底稿的结构时，我认为这个软件尤其好用。)

电梯游说

如果你能把你的观点系统地转化为一个 30 秒的令人信服的游说，你就会知道从上一步转入写作，你至少已经具备了一个坚实的基础。

我告诉人们，三句话就可组成一次电梯游说。

第一句描述故事中的人物、他的职业和最初的环境。

第二句是不归之门（本书的下一部分将对此进行解释）。

第三句是死亡赌注。它看起来差不多是这个样子：

多萝西·盖尔是一个农场女孩，她梦想着离开堪萨斯州，去一个很远很远的地方。在那里，她和她的狗可以免受镇子上爱管闲事的加尔奇小姐那样的人的伤害。

在一次龙卷风袭击农场的时候，多萝西被大风带到了一个有奇怪生物的地方，不只有一个邪恶的巫婆想杀死她。

现在，多萝西必须在三个不可思议的朋友的帮助下找到一种打败那些想要她死的坏巫婆的方法，只有完成这个任务，那位伟大的魔法师才能送她回家。

继续你的游说，直到它像一篇印刷在纸版书封底上的文字。在这里，是什么东西使读者觉得非买下这本书不可呢？

LOCK 系统

在我的《情节与结构》（*Plot & Structure*）这本书中，我为了创建一个强大的故事基础而讨论了 LOCK 系统。这个缩写词分别代表了这几个单词：主角（Lead）、目标（Objective）、对抗（Confrontation）和淘汰对手的结局（Knock-out Ending）。

假如你紧紧地抓住这四样东西不放，你就能满怀信心地写出一份草稿。

你要做的第一件事情是让你的主角和读者之间建立起联系。

然后，你为这个故事设定目标，这个目标需要通过奋斗才能达到，还会伴随着某种形式的死亡。

对抗产生冲突。

最后，在结尾的地方发生了一场激烈的战斗，这是内心的和/或者外部世界的、精神的和/或者肉体的战斗。当我们到达超级结构的最后的战役部分时，还会发生一些事情。

保持放松

超级结构是灵活变通的。你不必事先知道每一个特定的场景。知道是什么类型的场景、应当安排在哪一个地方就足够了。仅仅这一项就能带领你完成发现真正故事的旅程。

我几乎总是以一个概念开始我的故事的，那就是“如果……怎么办?”的问题。**如果一个男人不得不挺身而出，以便自己和自己的兄弟免于杀手们的伤害，那他该怎么办?**就是这个想法启动了我的小说《不要离开我》（*Don't Leave Me*）。我想要写的是一个恐怖故事中的兄弟关系。

接下来，我会对主角做一些性格上的塑造，开始去熟悉他。然后对其他的主要人物做同样的处理。

我开始做我的白热化文档，具体做法就是前面提到的那些。

然后是设计各个场景。

就在不久以前，我开始特别地注意一个场景，即镜像瞬间。我很早就使用过这个场景，因为它解释了故事开始产生的地方。它使我想到的其他一切情景都能系统地联系在一起。

一旦我知道了这个镜像瞬间，我就能规划出人物在故事发生之前的心理状态，也知道他的整体状况会把他带往何方：到这个场景结束的时候，他完成了转换。

这个场景也会为我提供反对转换的论点。

接下来，我会设计第一幕，尤其是第一道不归之门。我会考虑其他的路标，但不一定会给它们全都填充细节。我也许会简单地记下一些想法，但也仅此而已。

就这样，我完成了这次旅行的准备工作。

现在，关于保持放松的问题，我想说它非常重要。路标都在这里，它们是来帮忙的，而不是一股脑地扑面而来让你手忙脚乱。毫无疑问你能够用到每个路标，而且它们中的每一个都可以拟出一个强大的故事提纲。但是，如果你是那种不喜欢有过多计划的作家，我向你提供一个实用的建议——把注意力都集中到以下节拍中来：

第一幕

困扰

1 号不归之门

第二幕

镜像瞬间

2 号不归之门

第三幕

最后的战役

这五个节拍是故事的骨干，是支撑起帐篷的撑竿，是整个故事的坚实载体。如果你紧紧地抓住了这些要点，你就能写出一个故事来。在这些场景之间，你还会拥有充裕的自由写作空间。

当你需要用到它们的时候，其他的路标会帮你决定在这些空白之处写些什么东西——如果你想要这种帮助的话。

4 写作时的创造力

酝酿出故事，并且着手设计情节之后（详见上一章），你开始进入写作阶段。在写作时考虑结构问题并不意味着你会因此而关闭创意的引擎。

伟大的虚构文学作品的艺术和技巧得以流传下来，是因为其结构的稳固性，它们与你的创作激情结合在一起。只要这么做了，你就会使你的读者感到愉悦。

愉悦能让你把书卖出去。

在写作的时候，有几种方法能让你保持创意思维不中断。

小说日记

我从让人惊叹的金赛·密尔虹系列小说（Kinsey Millhone series）的作者苏·格拉夫顿（Sue Grafton）那里得到这个观点。到写作本书时止，这个系列已经有 23 本小说了，标题从首字母 A 一直到首字母 W。格拉夫顿是如何做到这一点的？

方法之一是她在每一部小说里用写日记的方式记录她的

想法。她的写作周期是由在日记中记下一些私人事件开始的，这样做可以让她了解到在那个特定的时间里她的生活中发生的事情，她甚至可能会用到刚出版的新书中的某些材料。

然后，她开始问自己关于正在进行中的事件的问题。通过这种方式来推进事件的进程，会产生什么影响呢？她在这本书的稍后部分将如何利用这一点？

出场的角色怎么做？他对于情节会产生什么样的影响？

下一件可能发生的事情是什么？

未来书中需要出现哪些场景？

这些问题她一个不漏地在日记中进行探讨。日记是运动场和她的写作工坊。

然后，她就进入了这个项目的日常写作。

试试吧。通过写五分钟的日记来启动你的写作状态。尽情地去做，问一个又一个问题，用头脑风暴的方式回答。

然后，去写吧。

地下室里的男孩们

每天晚上，在你昏昏欲睡之前，拿故事里的一个主要问题去询问你的潜意识。

你的脑袋挨着枕头的那会儿，在心里描画你写下的最后一个场景。把它清晰地展现出来。然后，让你的大脑推荐其他画面，是后面可能发生的事件的场景。

去睡觉。

把你的手机或者便笺本放在你床头的桌子上，或者至少要准备纸和笔，这样你能够在醒来时记下任何灵光乍现的奇思怪想。

早上要做的第二件事情（在煮好咖啡之后）是紧张地写作 5 分钟。把一切浮现在你大脑中的东西都写下来。写下你的印象、幻象、梦、观点。

喝下你的咖啡。

然后想办法弄明白那些在地下室的男孩试图说给你听的那些话的意思。挑选出其中最好的观点，把它们应用在你的小说里。

运动

写了一段时间觉得疲乏的时候，你应当稍微活动一下身体。血液的快速循环和内啡肽的释放会刺激创意思维。

另一件你可以去做的事情是写 25 分钟的片段，看时间准点结束。然后散步 5 到 10 分钟，或者躺在地板上，两条腿高高地架在椅子上，深呼吸 10 分钟。这是实实在在的中途休息，可以让你的精神重新振作起来。

思维导图

偶尔拿一张空白的纸，为你的故事制作一个思维导图。把你塑造的人物的名字写在位于这张纸周边的小圆圈里，然后把名字与故事中的事件或者其他人物串连在一起。

当你用笔在纸上写写画画时，有些东西会在另一处，即你的大脑里蔓延。

要勤动笔。

向前跳

如果你困在一个场景里，写作无法继续下去，在那里留下一些标记，然后跳过这一段，去写下一件让你兴奋的事情，稍后再回来堵上这些缺口。

这就是创意思维流动的全过程。这是一个很好用的方法，但不是唯一的方法。

你必须把它融会贯通地运用到一种非常连贯协调的程度。

这就是超级结构要做的事情。

5 场景的结构

“小说的场景是故事发生的地方，它也是读者体验小说或者故事的地方。在本质上，一部虚构作品是由一连串从第一页发展到最后一页的场景组成的。但是，生活不会主动打包成一系列场景来找我们，它需要作家把它组装起来。”

——威廉·斯隆（William Sloane）《写作技巧》（*The Craft of Writing*）

本书的下一部分将着手探索超级结构的秘密，在此之前，我想简要地讨论一下场景。场景是小说的基石，没有场景，你无法创作出一部小说。而没有结构，你就写不出伟大的场景。

为什么会这样？

因为你需要**冲突**。

冲突不是偶然发生的。你需要**让**它发生。

不仅如此，你还需要让读者明白谁是演员，在这个场景中，他们面临着哪些危险。

一个场景须具备以下要素：

目标

每一个场景都必须有一个场景目标。就是说，无论你从哪个角度出发，这个场景里都必须有一个动力，它让某些事情得以发生。

- 一名警察正在询问一名目击证人，想要获得信息。
- 一个失去孩子的母亲想要忘记她的痛苦。
- 一名海豹突击队成员想要快速杀死 5 个刺客。
- 一个男人正在喝酒，他想借此逃避他欺骗自己妻子这一事实。

读者需要知道的是，在这个场景中，提供叙述视角的角色想要的是什么。哪怕这里只有他一个人，这个人物也会需要某些东西：安慰，宁静，一杯冷饮。

这个目标可以明确表达出来：

“伙计，给我一杯冷饮。”他说。

或者通过人物的行动来表达：

他站了起来，走进厨房，打开冰箱找到一瓶啤酒。

对立物

是什么样的人物、地点、事件或者环境导致提供叙述视角的角色无法实现他的目标?

- 目击证人正在对警察撒谎，他手头甚至有一把枪。
- 这位母亲在房子里的每一件物品上都能看到她失去的孩子的身影。
- 刺客们擅长刺杀，这是他们成为刺客的原因。
- 酒精使他变得迟钝，但没有完全消除他的愧疚感。

正如你看到的，对立的要素可以是外在的（例如另一个角色)，也可以是内心的（例如角色的心理状态和思维模式)。

而且，你也可以设置社会性的反对力量。任何一个想要维持现状的群体都能提供这样的对立面。例如在埃文·亨特(Evan Hunter）的《黑板丛林》（*The Blackboard Jungle*）中，里克·达迪耶在一所暴力横行的学校当教师，他认为自己能够为学校带来变化，而其他大部分教师以及行政部门却不这么看，这种意见的不一致在小说和电影里形成了好几个紧张场面。

最后，自然本身也会在场景中提供对立物。它能够为整部小说或者剧本提供基本的对立，正如史蒂芬·金的电影《世纪风暴》(*Storm of the Century*）一样。你永远不要在冬天被困在临近缅因州的一座岛屿上，如果金正在写这个故事，他可能会顺手在那儿安插一名病态的杀手。

当时间是极重要的因素时，自然或者环境就会成为巨大的障碍。作品中的人物必须赶往小镇，但桥不见了，或者暴风雨吹倒一棵树，这棵树横贯整个路面，或者车子本身出了故障。

当一名作家，最美好的事情是，你可以进行选择。

结果

每一个场景都必须在某一个地方结束。一个场景大体上会有这么几个结局：

1. 好。

2. 不太好。

3. 非常糟糕。

就虚构小说而言，无论场景是明显的还是隐蔽的，场景的结尾越糟糕越好。

因为人们在阅读的时候会感到担心，他们想要看到他们牵挂的主角能通过故事中苦难的考验。主角做得越成功，他们就越放心。

在多数情况下，你在设计场景时，要让主角在这个场景结束后处在一个更不利的位置上。

她没有得到她想要的信息。

不幸的是，她收到了一些让她伤心的信息。

更糟糕的是，她被人用一把锤子打晕了。

有无穷无尽的坏的结果供你选择。

这并不意味着一个场景不能有好的结尾。有时候，为了留一点喘息的空间，可以发生一些好的事件。

但是，要让这些好事导向不好的事。

或者预示着更多的麻烦。

意外

再者，一个大场景中会出现一些意料之外的事情。

这可以是一段曲折的情节，一个新的人物，一段令人耳目一新的描述，甚至是一行对话。任何出乎读者预料的都是好东西。

那么，你怎样才能找到这些意想不到的珍宝呢？

在动笔写这个场景之前，你先进行五分钟的头脑风暴。

写下这个场景中提供叙述视角的角色、目标、一些可能遇到的障碍物。写一个初步的结果。

花几分钟的时间，列出一系列意想不到的事情。尽情地写。其中总会有一件让你满意的事情。

到这个时候，你已经做好了写作的准备。

你过去听到过这些吗？准备写作吧！让我们继续。让我们深入探讨超级结构那逐步释放出来的强大的秘密，了解这些节拍实际上起了什么作用，为什么会这样做。我将告诉你这些。我甚至将提示你如何去运用它们，不管你是设计情节式作家，还是直觉式作家，还是居于两者之间。

重要的是，这对你有百利而无一害，而且你还可以自行决定运用它的方式。

6 情感结构

对于结构，有一个普遍的指责，那就是认为它只是按照既定的规程写作，就像静脉血管里没有流动的血液。

这是错误的。

这不是结构的问题。

问题在于按既定规程写作的作家的静脉血管里就没有血液。

因此，这个问题的答案是：不要抛弃结构。

把血液注入**作家**的血管里，然后再注入作品中人物的血管里。这就是整个发展过程。

有很多建立情感结构的方法，我的方法和打高尔夫球一样。

我最好解释一下。

第一次学打高尔夫球时，我遵从的是我在学习写作时运用的方法。

我先看书，然后练习我学到的知识。

有几位老师在关注着我，他们通过评判我的学习来改善我的学习效果。

我尽我所能地去打球。

渐渐地，我的高尔夫球技巧达到了一个非常高的水平：不会让我自己蒙羞了。能够与任何人一起去任何高尔夫球场打球，在我用几种技巧把一个球打入深草区的时候不需要让我们后面的那一组人等待，这是一件很有意思的事情。

你在写作过程中达到这个地步时，也是这种很棒的感觉。去认真地研究和实践，你就能达到这个程度。

那些对我影响深远的教训之一，是我从一个高尔夫比赛中感悟到的，那就是耳朵听到的与双手做出来的同样重要，有时候，前者更加重要。

一位运动心理学家建议，在挥动球杆之前，可以先做一套简单的动作：

看着它。

感觉它。

信任它。

换句话说，想象你就要完成的那一次击球的画面，再把那幅图像融入你的动作中，然后相信你的感觉，忘掉其他一切事情。

等这一轮比赛结束之后，你再去思考刚才出现的每一处错误或者使用过的每一种技巧，并且试着处理它们。

我认为，这对于组织你的小说中的情感来说也是一种完美的方法。

看着它

你打算写一个场景时，先花点时间在你的大脑影院里预演一下。注视着场景一点点地展开，让各种角色进行即兴表演。

就这么注视着，直到你有所感觉。

你会有感觉的。

感觉它

全神贯注地体会这种感觉。

包括我本人在内的许多作家会用音乐来强化情感。为了达到这个目的，我喜欢听电影原声音乐。我在这方面有大量的收藏，我还把这些歌曲分成了不同的“心情歌单”。

在撰写悬疑情节的时候，我会播放我的悬疑歌单里的音乐，歌单里有大量伯纳德·赫尔曼（Bernard Herrmann）为阿尔弗雷德·希区柯克（Alfred Hitchcock）的电影配的音乐。

对于哀伤的场景，我有最喜欢的电影《黄金时代》(*The Best Years of Our Lives*）的音乐，还有其他类似的电影，例如《大河之恋》(*A River Runs Through It*）和《毁灭之路》(*The Road to Perdition*)。

如果需要寻找灵感或者英雄气概，我这里有《追梦赤子心》(*Rudy*）和《锦绣大地》(*The Big Country*)。

如果我需要写作能量，我会去听经典摇滚。没有什么音乐比埃利奥特·兰德尔（Elliott Randall）在斯蒂利·丹(Steely Dan）乐队演唱的《在岁月中摇摆》（*Reelin' in the Years*）中的吉他独奏更能促使你再次拿起笔了。

信任它

现在，写下这个场景。不要思考。相信你的感觉。

在写这个场景的时候一直用心去感受。

如果感情需要，尽管率性地流下感动的泪水。我有时会打开一个纯文本文件，随着提供叙述视角的角色的情感和内心想法埋头写上五分钟。从实际的场景中，我总能找到两三条线索。但是，如果没有那五分钟突然偏离正题的写作，我完全找不到它们。

当心里有疑问的时候，去**重写**那些情感，让它们破坏已经写出的那些内容。高温总比不冷不热要强。在修订时你可以不断地回头去重写。迈出你的第一步，尽情地去发挥吧。

修改它

在修改写出的场景或者底稿的时候，你要分析情感结构，让它以最有效的方式表达出来。

给自己提出以下问题：

1. 这种情感让人觉得舒服吗？

2. 它与那个人物的形象一致吗？

3. 它揭示了这个人物的新的面貌吗？

4. 它使这个场景增色了吗？

5. 它对整体情节有助益吗？

接着，审视你向我们展现这种情感的**方式**。把情感呈现在纸上的方法大体上有五种。

1. 你可以为它命名。

2. 你可以通过行动来呈现它。

3. 你可以通过身体的反应来呈现它。

4. 你可以通过内心的想法来呈现它。

5. 你可以通过对话来呈现它。

第一点为它命名，最好留在这个场景的紧张度低的部分使用。比如说，一位母亲从杂货店回到家里，发现她 13 岁的女儿不在房间里，她本来应该在那儿写家庭作业的。然后她发现一封勒索信。

这个场景显然营造出了紧张的气氛。

她刚回到家的时候，心情是什么样的呢？她可能之前在停车场和一个混蛋吵了一架，那人差点撞到她。

你可以用一句简单的话写下来：**仍旧对那个停车场的混蛋一肚子气，珍妮特把那些袋子放在厨房台面上。**为什么要这么写？因为如果你企图去**表现**每一种情感，读者会被你弄得精疲力竭。没必要这么做。有时你为一种情感命名，是在为后面的内容打基础。

而一旦一个场景开始变得激烈起来，那就要考虑其他四种表现情感的方法了。

你可以使用任何一种你选择的方法，让它成为可以为你提供无穷无尽可能颜色的调色板。

为了在这方面对你有所帮助，我要向你推荐安吉拉·阿克曼（Angela Ackerman）和贝卡·普利西（Becca Puglisi）的著作《情感词典》(*The Emotion Thesaurus*)。这本书是表现情感方式的汇编，在情绪变得激烈的时刻，它能发挥巨大的作用。

总而言之，结构帮助你决定要写哪一种类型的场景。你注入的情感使读者的阅读体验更为深刻。

现在，你要去竭尽全力地写作了。

你已经准备好开始这一段旅行了。

这段旅行是本书其余部分的主题。

第二部分　十四块路标

记住，超级结构在这里是要帮助你的，它没打算粗暴地干涉你。正如我之前提到的那样，结构的五根“帐篷撑竿”是：困扰、1号不归之门、镜像瞬间、2号不归之门和最后的战役。

其他的路标同属于一个有机模式。你可以任意而充分地利用它们，以便规划出你要写的那本书，或者等到你需要一个建议时再使用它们。

以下是它们的自然发展进程：

第1幕（不超过小说的20%）

1. 困扰

2. 爱心包裹

3. 反对转换的论点

4. 制造麻烦

5. 1号不归之门

第2幕（占很大篇幅的中间部分，主要情节在此发生）

6. 踹小腿

7. 镜像瞬间

8. 抚摸小狗

9. 2号不归之门

第3幕（解决冲突）

10. 增长的力量

11. 熄灯

12. Q元素

13. 最后的战役

14. 转换

已经没有太多需要思考的了，是不是？这不是一只会击碎你的创造力的铁拳。

事实上，它将温和地带领你的创造力走向正确的方向，在与读者沟通方面，它会为你提供最佳途径。

与读者沟通＝销售量。

如果你想把你的小说卖出去，这就是成功的公式。

“但我不想写成一个公式！”

请重新阅读第二章。

然后在通往超级结构的路上发动你的引擎。看到前方的第一块路标了吗？那是你的故事开始的地方。

它被称为“困扰”。

1 困 扰

《绿野仙踪》（*The Wizard of Oz*）的片头字幕放完后，第一个镜头是什么？

想一想你的答案。

我在讲习班上提出这个问题后，听到了很多种答案，其中最受欢迎的说法是“骑自行车的女士”。

不，她不在第一个镜头里，而是后来才出现的。

令人惊讶的是，有些人说是旋风。当然不是，直到影片快四分之一的地方它才出现。

你想到的是什么？

正确答案是一个堪萨斯州乡村土路的镜头，一个女孩从某个地方逃出来。她的狗紧跟着她，她回头看着身后。

她显然是被吓坏了。

但我们不知道为什么这样。

我们**确切**知道的是，她正面对着一个她日常世界里的巨大麻烦。

这恰恰是开始一个故事的正确方法。

伟大的间谍小说家约翰·勒·卡雷（John Le Carré）提出这样一个原理：猫坐在垫子上不是一个故事的开头，而猫坐在本属于狗的垫子上才是。

另一位作家说，故事在你点燃火柴的时候开始，而不是在你堆放木头的时候。

我看到太多太多的手稿采用的是那个准备木头环节的变体。

为什么是那样的呢？

我把它称为沉浸在快乐的谬误中的快乐的人们。

这一类手稿用一个没有冲突或者麻烦的章节开头。开始的场景会描述一个主要人物，这是一个好人，生活在一个美好的世界里。此人也许是有一个幸福家庭的母亲，也许是拥有光明的前途和好工作的男人。

而且他们正过着平常的日子，心情愉悦，对他人也非常友善。

在这些作家的脑子里，应当采用的策略是让我们非常喜欢这些美好的人物，这样一来，当麻烦真正来临时，我们会支持他们。

问题在于，这种场景太乏味了，以至于无法勾起我们的兴趣。

因为巧妙地让一名读者去关注一个角色，靠的不是人物多么美好，**而是那些对他们构成威胁的麻烦、挑战或者改变**。

现在，当越来越多的读者根据开头部分的免费阅读章节来做出是否购买一本书的决定的时候，你根本承担不了让他们感到厌烦的后果。

你必须去制造麻烦。

麻烦是你的朋友。

麻烦是你的本职工作。

因此，马上用一些烦恼开始你的工作吧。

从第一段甚至第一行就这么做。

我给你举几个例子。

在斯蒂芬妮·梅尔（Stephenie Meyer）的《暮光之城》（*Twilight*）的第一章，十几岁的贝拉搬到了一个小镇，紧接着被强行送入一所新学校。这样的经历一向都让人心烦意乱。她在那里没有朋友，也没有过往的故事。我们会很自然地对这一切感同身受，因为我们都是凡人，我们都有过类似的经历。

第一行是这样写的：**母亲开车送我到机场，一路上车窗都敞开着**。在这一段的结尾，我们得知这是一次告别。这就是改变。

改变就是一种困扰。

你也可以**间接地提到**尚未到来的麻烦，例如迪安·孔茨（Dean Koontz）在《无所畏惧》（*Fear Nothing*）中做的那样：

> 我在烛光下做研究的时候，桌上的电话铃响了，我知道一场可怕的变故正在降临。

或者暗示一件已经发生了的麻烦事，后文将对此做出解释，例如劳伦斯·布洛克（Lawrence Block）的《阿里尔》（*Ariel*）这么写道：

> 那个响声吵醒了她吗？罗伯塔并不确定。

在第一行你要尽可能使用令人琢磨不透的句子：

> 我觉得有必要汇报一下，在死亡的那一刻，我的整

个生命并没有刹那间从眼前流逝。(《“我”是无辜的》(“*I*” *is for Innocent*),苏·格拉夫顿)

我的丈夫第一次打我是在我十九岁的时候。(《黑与蓝》(*Black and Blue*),安娜·昆德伦(Anna Quindlen))

当拉斯帕尔马斯酒店的七楼着火时,罗比·布朗罗正在马路对面的餐厅里,打算在那里吃午饭。(《堕落者》(*The Fallen*),T. 杰斐逊·帕克(T. Jefferson Parker))

“你的邻居们互相烧死了对方吗?”这是佛拉·欧罗洛与阿提桑·佛勒克说话时的开场白。(《革逐》(*Anathem*),尼尔·斯蒂芬森(Neal Stephenson))

你也可以把这个麻烦放在第一段话的结尾,提供一个“令人震惊”的因素。以下是艾伦·福尔松(Allan Folsom)的《后天》(*The Day After Tomorrow*)的开头:

保罗·奥斯本一个人坐在烟雾弥漫、熙熙攘攘的下班人群中,眼睛盯着一杯红酒。他感到疲惫、伤心、迷惘,因为没有特别的理由让他抬起头来。当他抬起头的时候，他的呼吸骤然停止了。屋子的另一头，坐着那个杀死他父亲的男人。

哈伦·科本（Harlan Coben）的《承诺》（*Promise Me*）的开头用了一个长长的句子，有一个令人震惊的结尾：

> 那个失踪的女孩——媒体对关于她的那件事有过无休止的报道，电视上循环播放着那个十几岁失踪女孩的一张极常见的学生照，你看到过那张照片，彩虹旋涡画面的背景，她的头发梳得太直，笑容怯生生的，闪过这些照片后，电视画面马上切换到焦虑万分地站在家门口草坪上的女孩的父母，面对四周的麦克风，妈妈泪眼婆娑，沉默不语，爸爸哆嗦着嘴唇在宣读一份声明——就是那个女孩，那个失踪的女孩，刚刚从埃德娜·斯凯拉身边走过①。

更多的首行引自孔茨先生的作品：

---

① 科本．承诺．暴丽颖，译．哈尔滨：哈尔滨出版社，2014：1．内容有改动。——译者注

> 彭妮·道森醒过来，在黑暗中听到卧室里有人在偷偷地走动。（《黑暗降临》（*DarkFall*））
>
> 凯瑟琳·塞勒斯确信，这辆车随时可能会沿着这滑溜溜的结冰的路面滑出去，她将再也控制不住它。（《与魔鬼共舞》（*Dance With the Devil*），以笔名“迪安娜·德怀尔”（Deanna Dwyer）发表）
>
> 星期二本来是一个美好的加利福尼亚日，充满着阳光和希望，这样的日子在哈里·里昂吃午饭的时候不得不对着某个人开枪时结束了。（《龙的眼泪》（*Dragon Tears*））

一部“纯文学的”小说（对它的定义往往很少与情节有关，而更多的是人物方面的）仍然需要一个令人不安的开始。安妮·拉莫特在《蓝鞋子》（*Blue Shoe*）中提供了一个例子：

> 窗外的世界陷入了一片火海，开心果树上的叶子闪着火红和橘红色的光芒。玛蒂看着清晨的光线，她正躺在床的一边，她丈夫本来应当在那儿沉睡。

看，写得如此细微，但是不是让人忐忑不安？她丈夫在哪里？他只是在厨房里煮咖啡？还是已经死了？离开她了？

我们会读下去，去寻找答案。有足够多的时间让我们去把这些基本的信息补充完整。

为什么这样做有用

你的书的开头通常就决定了这本书销售的成败。

如果一位经纪人或者编辑或者读者看到的是一个拖沓的、没有积极行动的开头，那么销售这本书的困难会呈指数级增长。

为什么要去冒这个险呢？

困扰会发挥作用，因为它与麻烦有关。

麻烦是小说的生命力所在。

对设计情节式作家和直觉式作家有用的建议

写几句开场白。通常情况下，要写到第五六句才会真正吸引你的注意力，而不是第一句。如果它引起了你的注意，那它也会吸引到读者。

一次紧张的对话包括开场白和两名角色。直接冲突对有些人来说是个麻烦，但在你的小说中却永远是个好东西。

超级结构的提示

困扰并不一定非得在最开始的时候发生，你可以从头到尾都安排一些。当关于下一步写什么成了问题时，那就去制造麻烦。雷蒙德·钱德勒（Raymond Chandler）常常说，只要带一个拿着枪的家伙进来就成了。你可以运用多种符合你自己风格的方式营造出这种气氛。

2 爱心包裹

我的恐怖小说《不要离开我》(*Don't Leare Me*)是一个关于兄弟关系的故事。查克·萨姆森是前海军牧师，曾经在阿富汗为一支海军小分队效力，他的已经成年、身患自闭症的兄弟斯坦则拥有和太平洋一样辽阔的内心。故事是从杀手们找上了兄弟两人开始的。

正忍受创伤后应激障碍折磨的查克从他在一所私立学校里教的六年级学生那里找到了安慰。他爱这些小孩，尤其是那些不能与其他人融洽相处的孩子。

我谈到这一点，是因为斯坦和孩子们是两个我称之为爱心包裹现象的典型。这是一个可能极大地提升读者对主角关切程度的故事元素。

爱心包裹是主角与其他人的一种联系，在这种联系中，他的语言或者行动表明他关心那个角色的幸福。

这使得主角变得有人情味，能激起读者的同情心。哪怕主角碰巧是一个卑鄙的家伙，它也仍然有效，因为这个元素会让读者升起一种主角可能得到救赎的希望。

我举几个关于爱心包裹的例子。

在《饥饿游戏》(*The Hunger Games*)中，凯特尼斯·

伊夫狄恩不仅是一名孤独的盗贼或者反英雄人物，她还是母亲和妹妹波丽姆的保护人，家庭的生计依靠她来维持。代替波丽姆去参加饥饿游戏，是她出于爱而做出的最大的牺牲。当她自愿顶替波丽姆时，我们是如此地支持凯特尼斯，以至于愿意跟随她奔赴任何地方，全程支持她。

在《星球大战》（*Star Wars*）中，卢克不愿意和欧比旺·肯诺比一起离家去进行一次冒险，唯一的理由是农场的叔叔和婶婶需要他。这是一个梦想成为一名骑士的男孩，但他不能就这样离开他的家人。他关心他们，有责任照顾他们。我们喜欢那样的人物，他显示出一种高贵的品质。

当然，不久后，他的叔叔和婶婶都被杀死了……然后卢克出发，与邪恶的帝国作战。于是我们坚定地站在他这一边。

在《绿野仙踪》里，多萝西·盖尔关心小狗托托。她尽一切努力保护她的无辜的小狗，让它逃离加尔奇小姐的魔爪。

一个由爱心包裹建立起来的关系让一个角色不会沦为一个完全自私自利的人。我们不喜欢这样的人，我们也不希望自己是这样的人。

尽管斯佳丽·奥哈拉[1]有着犹豫不决的自私，但她关心她的父母亲。

迈克·哈默[2]不是最温柔的私人侦探，但他对他的秘书维尔玛不缺关爱。

就连电影《老爷车》(*Gran Torino*）中顽固暴躁的沃尔特·科瓦尔斯基（克林特·伊斯特伍德（Clint Eastwood）饰）也对他死去的妻子……念念不忘，仅仅是因为她临终的遗愿，他居然容忍了那位坚持来看望他的年轻牧师。

爱心包裹是我们观看电视连续剧《绝命毒师》（*Breaking Bad*）的理由之一。沃尔特·怀特从事一件真正卑鄙的事情——提炼超级冰毒，然后把它们拿到街头售卖。然而，他还是有一定的同情心的。他之所以会从事这个行当，是因为他身患癌症，活不了太久，在这种情况下，他想为妻子和

---

① 美国作家玛格丽特·米切尔的长篇小说《飘》（*Gone with the wind*，1936）的主人公。——译者注

② 美国作家米基·斯皮兰（Mickey Spillane，1918—2006）在一系列侦探小说中塑造的一位硬汉侦探。——译者注

残障儿子提供生活保障。

但是，随着故事的发展，沃尔特变得越来越冷酷无情，把他之前的学生杰西也拖入了黑暗的世界。

可是……可是……每当杰西陷入真正的麻烦的时候，沃尔特都会尽力帮他摆脱麻烦。虽然发生了那么多事情，他仍旧**关心**杰西，而杰西也关心沃尔特先生。有很多次，当他们想要杀死对方的时候，他们会忘记这种关怀，但是每逢危急时刻，这种感情总是再度来临。

这样一来，它就成为一部出色的作品，一堂优秀的课。你可以让一名罪犯当你的主角，假如你给他一个爱心包裹，你依然能拨动读者的情感之弦。

在谈论结构的讲习班上，我强调了爱心包裹和被称为抚摸小狗之后一个节拍之间的区别。后者是发生在第二幕中的事件，主角那时摆脱了自己的麻烦，会花一些时间来帮助某个比他还要弱小的人。

相比之下，爱心包裹是主角在故事发生**之前**就有的一种关系，因此，在第一幕早期的某个时刻就能让我们大致地了解到这种关联。

为什么这样做有用

一部小说产生的主要影响应当是情感方面的。请回顾情感结构那一章的内容。

你有一条信息想要传达，或者脑子里有一个曲折的情节，这都不重要。除非读者在情感层面上体验到故事——并且从一开始就体验到——不然你的书被搁置一边的机会就会增加。

爱心包裹能够使故事发生结构性改变，以减少这种可能性。

对设计情节式作家和直觉式作家有用的建议

设计情节式作家/提纲式作家可能会为了笔下正在向前发展的故事而考虑使用爱心包裹，把它设定为情感的起点。我在小说《不要离开我》里就这么做了。我最初的想法是写一部关于前随军牧师的作品，我开始思考这个人的背景故事时，几乎马上就想出他有一个患自闭症的兄弟的点子，两个人的生命都要靠他来保护，而现在，杀手们出场了，他必须再次行动起来。

这根强烈的情感纽带激励我竭尽全力完成整部小说，去维护这种关系。

正如直觉式作家们的写作方式展现的那样，可能有10 000个单词涌进他们的大脑，形成他们喜爱的奇妙的混乱，为什么不停顿片刻，考虑一下正开始振作起来的主人公？你在这里不用担心结构问题，只需要问自己：主人公与其他人可以建立一种什么类型的关系才能显示一种关怀精神？

见鬼，你是直觉式作家！只管去写，写一个那样的片段。你从这里得到的好处是，作为作家，你和主角形成了更紧密的情感联系。而这将有助于写出一本更好的书。

超级结构的提示

在表现一个角色人性的一面时，你要把他与读者的集体无意识连接在一起。不要害怕坦露人性：关怀、缺点、怪癖、疑虑、内心冲突、爱、激情、愤怒、脆弱以及力量。

3 反对转换的论点

我观看并分析了许多经典电影之后得出的结论是，这是一个很酷的节拍。你不会一直注意到它的存在，但是当你用到它的时候，它会是架构故事里人物的性格弧线的一种绝好的方法。

解释它的最便捷的方法是从主题思想入手。小说的主题是什么？它是如何表现出来的？

写作老师对此会有不同看法，但在我的提法里，它与“来自生活的教训”有关。到故事结束的时候，角色学到了什么东西？从那以后，他将恪守什么真理？

每一个人都知道《绿野仙踪》的告诫。**没有比家更好的地方**。多萝西必须历经艰难，才能认识到这一点。

但是，在这部电影的前面部分，事实上就在第一幕，多萝西是反对这个观点的。那时她跑回农场，而每个人都无视她的求救，这与加尔奇小姐有关，她想杀死小狗托托。

爱姆婶婶告诉多萝西不要再胡思乱想，给自己找一个不会惹到麻烦的地方安静地待着。

多萝西只得带着托托离开众人，独自思考。“一个没有麻烦的地方。你认为会有那样的地方吗，托托？一定会有的。那是乘火车坐轮船都到不了的地方，非常非常地遥远，在月亮的后面，雨云的上方……飞越了彩虹……”

这条人物的性格弧线在读者心中就此勾勒出来了。到了电影结尾的地方，她真正地吸取了教训，弧线终止了，内心的问题得到了解决。

在电影《卡萨布兰卡》（*Casablanca*）中，里克一开始就告诉别人：“我不会为任何人冒险。”当无助的尤格特因为杀死了两名德国信使而即将被法国警察逮捕时，他大喊让里克帮他逃跑，而里克用行动证明了他说过的话。

尤格特就这么被拖走了，里克连一根手指头都不肯为他动一下。他的另一位顾客在警察来抓他的时候也表达了同样的愿望，里克其实是可以为这个人提供更多的帮助的，然而他仅仅是重申了他的行为准则：“我不会为任何人冒险。”

然而，在影片的最后他学到了什么？有的时候，不仅为了某个人而给你招来麻烦是正确的，而且为了他们而牺牲掉你的幸福甚至生命，也是正确的。他恰恰就这么做了，为此放弃了与挚爱伊尔莎一起逃离卡萨布兰卡的机会。

弧线到此终止了。

影片《生活多美好》(*It's a Wonderful Life*)中的人生教诲是什么？如果一个男人待在自己的家乡，过着帮助邻里们的生活，那他就不是一个失败的人。但这可不是青年时期的乔治·贝利的想法。

他还是个孩子在一家药店工作的时候，就告诉两个女孩——玛丽和维奥莱特——他长大后要出去冒险，他将拥有“两座后宫，可能有三四个妻子。大家拭目以待吧”。

他是反对在影片结束时发生转换的。

我最喜欢的动作片《致命武器》(*Lethal Weapon*)里，为了反对转换而发生了激烈的争吵。里格斯(梅尔·吉布森(Mel Gibson)饰)是一名有自杀倾向的警察，他的妻子遇害了，所以他毫不在意自己是否会在执行任务时被人用枪打死。甚至，他渴望有这么一遭。

在用一种最异乎寻常的方式把一名跳楼者带离屋顶之后，他的搭档默托(丹尼·格洛弗(Danny Glover)饰)把他拖到一边，对他咆哮：“你想找死吗?”

里格斯同样对他大声咆哮。是的，他就是想找死。他时时刻刻都想挨上一颗子弹。里格斯掏出一颗随身携带的中空弹，举起来说，它将在他的后脑勺里爆炸。他告诉默托，他必须想出一个不这么做的理由，每天都是！而他没有这么做的唯一理由是“这份工作”。

除了这份工作，他没有其他活下去的理由，甚至连这个理由也是极其勉强的。

这就是他的论点。

他到最后转变了吗？是的，并且极其显著。详情见转换这一章对它的论述。

在《杀死一只知更鸟》（*To Kill a Mockingbird*）中，斯库特必须学到的一课是对与她不一样的人要能感同身受，甚至是那些为她生活的社会所轻视的人。

在小说的第三章，当穷孩子沃尔特·坎宁安作为客人来吃饭时，斯库特是反对上述观点的。沃尔特的所作所为是典型的穷孩子风格，他在食物上浇满了糖浆，无论是肉块还是蔬菜上面都是。这个场景让斯库特很是惊讶，问他究竟在干什么。沃尔特为此感到十分难堪。

家里的厨师兼管家卡波妮把斯库特叫到厨房里，教训了她一顿：

> “有些人吃饭习惯跟我们不一样，”她压低声音恶狠狠地说，“可是你不能因为这个在饭桌上给人家当面提出来。那个男孩是你们家的客人，就算他要吃桌布，你也随他的便。你听见了吗？”

当时的斯库特表示不想改变自己的态度：

> “他不是客人，卡波妮，他只是个坎宁安家的人——”[①]

当然，到了最后，斯库特接受了生活给她的教诲，那就是必须学会从他人的视角去看待事情。阿蒂克斯后来解释说，我们必须“钻进他的皮肤里，像他一样走来走去”[②]。

《饥饿游戏》三部曲里，有一根长长的人物性格弧线。如果你不想要一名捣乱分子，请跳过以下几段。

这根弧线是指凯特尼斯由不抱希望成长为有所期待，从

① 哈珀·李．杀死一只知更鸟．高红梅，译．南京：译林出版社，2012：28. 内容有改动。——译者注

② 哈珀·李．杀死一只知更鸟．高红梅，译．南京：译林出版社，2012：34.——译者注

一个看不到任何未来的人成长为准备为了美好的未来而战斗的人。

在小说的第一章，她就表示了反对改变的意见，这里只有一行字。

“我永远都不想要孩子。”我说[①]**。**

这是一个极端排斥希望的观点。那么，在第三本书的结尾发生了什么？她有了一个孩子。

她被转变过来了。

为什么这样做有用

读者在潜意识里是以弧线运动的方式思考的。他们期待故事完整，是一段有始有终的旅行，旅行中还有些被捆绑在一起的松散的线索。然而故事并不总是能如此整洁干净地收尾，有的时候，作家可能会选择不完成这个弧线。这样的事

① 苏珊·柯林斯．饥饿游戏 I．耿芳，译．北京：作家出版社，2013：9.——译者注

情通常会发生在短篇小说和纯文学小说中。

写作类型小说是另一码事。读者期待的是有明确的开头、过程、结尾并且在故事结束时带有某些寓意的旅行。

你也可以勾勒一条负面的性格弧线。

《教父》（*The Godfather*）里的迈克尔·柯里昂就是一个例子。在开场的时候，他告诉未婚妻凯，他的生活将不会沾染家里的非法买卖。而到了最后，他成为罪犯头目，还就此事当着凯的面撒谎。他全然变了，但不是朝着好的方向转变。

对设计情节式作家和直觉式作家有用的建议

你如果是直觉式作家，在写作期间可以随时暂停一下，休息一会儿。赶紧喝杯咖啡或者做点有趣的事情。

现在，回到键盘前，写一个自由文档，用主角的口吻去写，让他向你解释他**不应当**被卷入这个故事的所有理由。让他自由发挥，让争执出现。

作为设计情节式作家的你可以从一个反对转换的论点入

手，把它作为你计划写作其余部分的起点。你在塑造主角时，试试这么做。对角色做一段采访，请他详细说明他的生活哲学。让他说出自己的想法，直到故事豁然开朗。

把这个片段放在你的书中一个早期的场景里。

超级结构的提示

你的主角不仅仅是一台运转的机器。他还有自己的信念，而这些信念会受到故事中形形色色事件的挑战。

4 制造麻烦

在第一幕的中间部分的场景，我们会闻到一丝让人不安的气息，那就是要有大麻烦了。这还不是故事的主要冲突，因为我们还没有进入第二幕。不过，我们能感觉到它就在那里，并且在逐渐逼近。

这有点像是一个预兆。不是指这个麻烦本身，而是指有关它的一种感觉。

设想 1850 年一名老水手站在一艘捕鲸船船头的情景。他正抽着烟斗，眺望着大海。他感受着风向的变化。他从嘴里取下烟斗，眉头皱了起来。

一名水手问他是不是出现了什么不对劲的事情。

“是的，小家伙，风向发生了变化。”

“这说明了什么?”年轻人问。

“前方的天气很糟糕，小伙子。非常糟糕。”

这预示着麻烦的到来。

在《杀死一只知更鸟》中，叙述者斯库特将接受一些惨痛的教训，从中真正了解生活、偏见和那些与他们不一样的人。就在这本书的第一页，我们就知道了那个名叫布·拉德利的神秘人，他幽灵般的身影时常出没于小说中。

在第四章，斯库特蜷缩在一个轮胎里，她的哥哥杰姆用力推动轮胎。她不断地滚动，一直到拉德利家门口的台阶前才停下来。她飞快地跑开了。

这一章是这样结束的：

> 阿蒂克斯的突然出现是我想退出这个游戏的第二个理由。第一个理由发生在我滚进拉德利家前院那天。尽管当时情况混乱，夹杂着头晕、恶心，以及杰姆的喊叫声，但我还是听见了另一个声音。那声音非常低沉，在人行道上是听不见的。是房子里有人在笑[①]。

麻烦制造出来了，是用一个神秘的声音来完成的。它发生于第九章之前，斯库特的第一道不归之门就出现在后一章中。

在《飘》中，斯佳丽想嫁给阿希礼。阿希礼要和梅兰妮结婚，但斯佳丽不把这当成一回事。她在十二橡树村举行的

① 哈珀·李．杀死一只知更鸟．高红梅，译．南京：译林出版社，2012：47．内容有改动。——译者注

大型野餐宴会上拦住阿希礼，哄他进入藏书室。

在这里，她勾引他，向他倾诉衷肠，辱骂他，这一切只是为了让阿希礼承认他爱的人是她而不是梅兰妮。阿希礼差一点就要崩溃，不过他固守的南方人准则使他最终没有失控。斯佳丽打了他一耳光，阿希礼走开了。麻烦在这里被酝酿出来了，因为我们知道她不会轻易地放过阿希礼。

但这一幕还没有结束。斯佳丽以为只有她一个人在房间里，于是拿起一个碗掷向壁炉。碗被砸碎了。

这个举动让瑞德·巴特勒从沙发上站了起来，他一直躺在那里，没有人看见他。

斯佳丽惊呆了，瑞德却觉得这件事很有意思。于是制造出了另外一部分麻烦——瑞德·巴特勒将使她的生活和梦想变得更为复杂。

斯佳丽浪漫生活中的麻烦就这样被制造了出来。

但是，《飘》中主要的情节要到南北战争爆发后才得到发展。战争让每一个人陷入了危机，并引出了所有的困难。

而就在那次野餐宴会上，所有的男人都在谈论这场迫在眉睫的战争。他们知道麻烦正在到来。

它确实来了。

为什么这样做有用

开头的困扰出现之后，就有了一个引出主要人物和次要人物的机会。让这些人物在一定的空间里行动起来，描述日常生活世界，确定整本书的基调，等等。应当在这里展示一些人物之间极小的冲突和张力，它的意义仅仅在于它是一个制造麻烦的时刻，提醒读者将发生更大的冲突。

对设计情节式作家和直觉式作家有用的建议

麻烦经常会通过令人惊讶的消息制造出来。在《致命武器》中，警察默托正在调查一个从摩天大楼跳下自杀的漂亮女孩的死亡事件，他发现她是自己老战友的女儿。这一发现使案件变得更加扑朔迷离。

于是，在进行情节设计或者直觉思考的过程中，头脑风暴可能会把这一点细小的信息发展为一个让人吃惊的事件。

另一种达到这一效果的途径是思考你的反面角色在“画面之外的场景”里正在干什么或者策划着什么。他在那里的所作所为会波及“现场”中事情的进程，从而引出制造麻烦的环节。

超级结构的提示

在写作或者设计情节时，练习“画面之外的场景”在任何时候都会产生很棒的效果。当你不知道下一步要写什么时，花一些时间就其他主要人物此刻的活动进行头脑风暴，想想他们想干什么我们看不到的事。

5 1号不归之门

小说在开头就告诉我们主要人物是谁，即将到来的局面如何。它让我们置身于即将出现混乱的小说世界，还暗示了就要到来的某些主要麻烦。它具有冲突和张力，因为它们对于所有优秀的场景来说都是必不可少的。

但是这样的小说不会成为“故事”，除非我们进入第二幕的对抗中。

要想到达那里，主角必须通过一道不归之门。必须让人有这样的感觉，你的主角一旦跨过那道门槛，他将再也不能回头。这道门会砰地一声关紧，他不得不面临死亡的威胁（肉体的、职业的或精神的），要么他战胜它，要么他死掉。

让我们拿《飘》来做例子。

在第一幕中，斯佳丽·奥哈拉坐在她家的走廊里与布伦特和斯图尔特·塔尔顿调情。我们知道内战前她是一个自私、狡诈、享有特权的爱卖弄风情的女子。她能够利用她的魅力让男人们对她神魂颠倒，他们围绕在她身边，像上钩的鲤鱼一样被她玩得团团转。塔尔顿家双胞胎兄弟的母亲说斯佳丽是“一个我从未见过的放荡女人”。

如果这本小说用 1 000 页来描写斯佳丽的调情方式，我们绝对不会翻过 10 页。一部成功的小说，会涉及**巨大的麻烦**。真正的性格特征只能在危机中才能被展示出来，因此，玛格丽特·米切尔（Margaret Mitchell）在开始就为我们提供了一些麻烦（也就是困扰）——斯佳丽得知阿希礼将要和梅兰妮结婚。

对于爱情小说来说，这个麻烦可能足够了，但是它无法满足一部关于美国旧南方的气势恢宏的史诗的需求。必须有什么东西迫使斯佳丽为了她特有的生活道路而战斗，而这就是第一道门所要做的事情：它把斯佳丽强行推进了第二幕。

那件事情自然是南北战争的爆发。

在我的平装本《飘》的第 127 页，查尔斯·汉密尔顿在十二橡树村的大野餐宴会上急急忙忙地对斯佳丽说：

> “你听说了没有？保罗·威尔逊刚从琼斯博罗骑马来报的信！”
>
> 他走到她跟前停下脚步，简直上气不接下气。她一句话也没说，只用眼睛瞪着他。
>
> “林肯先生已经在召集人，在召集军队——我的意

思是志愿军——七万五千人了！”①

南方把这个举措视为一种挑衅。查尔斯把这件事情告诉了斯佳丽，这意味着战争的到来。“不过你也不必为之烦恼，斯佳丽小姐，要不了一个月就会结束，我们会打得他们鬼哭狼嚎。”②

对于斯佳丽来说，南北战争给她的生活带来了极大的打击，她无法置之不理，或者让它彻底消失。她宁可待在旧南方，想办法让自己从今往后与阿希礼幸福地生活在一起。

按照斯佳丽自己的想象，她很愿意留在“常规世界”里。但是战争迫使斯佳丽进入第二幕的“黑暗世界”。

这就是我把它称为**不归之门**的原因。没有返回过去那舒适生活的途径。斯佳丽不得不正视眼下那些主要的麻烦。这不只与藏在她心里的那件事有关，她还必须拯救她的家庭和土地。她需要钱和智慧。

---

① 玛格丽特·米切尔．飘．朱攸若，黄怀仁，译．上海：上海文艺出版社，2015：137－138. 内容有改动。——译者注

② 玛格丽特·米切尔．飘．朱攸若，黄怀仁，译．上海：上海文艺出版社，2015：139.——译者注

第二幕是确认存亡危机的地方。对于斯佳丽来说，它是精神上的死亡（尽管她生活的各个方面都在告急）。如果她没有保住塔拉庄园和她想象中的旧南方，她的内心就会死掉。《飘》的故事中提出的问题是：斯佳丽会从过去那种小气的自我成长为她必须成为的强大的自我吗？

她不想参加这种战斗，但是战争把她推了进去。

关于第一道不归之门的其他例子有：

《沉默的羔羊》（*The Silence of the Lambs*）中，克拉丽斯·史达琳被推进与汉尼拔·莱克特的猫鼠游戏中，因为这可能是解决一个连环杀人案件唯一的方法。小说涉及职业方面的死亡。如果年轻的实习生史达琳不能像莱克特控制她一样控制他，另一个受害者将会死掉，而史达琳的职业生涯也将结束。

在一部侦探小说中，第一道门通常出现于侦探接受一名委托人的委托时，正如《马耳他之鹰》（*The Maltese Falcon*）中的萨姆·斯佩德对布里吉德·奥肖内西所做的那样。这涉及职业上的死亡。这位私家侦探**必须**解开这个谜团，原因很简单，他以此为生。不解决问题，他无法生活。

在《杀死一只知更鸟》中，阿蒂克斯·芬奇接受为一名被指控强奸了一个白人女孩的黑人辩护的工作。对于叙述者斯库特·芬奇来说，这个事件把她推入了一个充满偏见和不公正的黑暗世界。她将走向哪一条路？她长大后会和她的那些怀有偏见的邻居们一样吗？如果是这样的话，她的精神将会死掉。

第一道门出现的时间应当在你的书的1/5之前。在电影中，它通常会把各个场次分为1/4—1/2—1/4结构。但是小说里可以让第一道门更早地出现。《饥饿游戏》这样快节奏的动作小说能够让它出现得相当早，在刚开始的第三章的开头就设置好了，而且它还是一道字面意义上的门。

凯特尼斯声称她有权得到她的妹妹在游戏中的那个位置。帕纳姆国演奏国歌，两名第12区的贡品——凯特尼斯·伊夫狄恩和皮塔·麦拉克——被监禁起来。

> 我不是说我们被戴上手铐或者其他的东西，而是有一群治安警看管着我们，穿过法院大楼的前门。过去也许有贡品想要逃跑。但我从来没有看到过①。

---

① 苏珊·柯林斯．饥饿游戏I．耿芳，译．北京：作家出版社，2013：30．内容有改动。——译者注

《飘》的篇幅超过了 1 000 页，南北战争在小说大约 1/10 的地方爆发了。

为什么这样做有用

还记得三幕故事发展的自然流程吗？如果你在第一幕花费了太多的时间，那么故事会变得拖沓。读者不会带着分析的眼光去看待它。他们用的是感觉，故事在 1/5 之前就要开始高速运转。这道门提供了一个清晰的分界点和确切指向事关存亡危机的通道。

对设计情节式作家和直觉式作家有用的建议

你为我们提供了一个值得效仿的角色吗？

你在开头的几页中创造了一个困扰吗？

你知道故事中那个事关存亡的危机吗？

你创造出那个迫使人物进入第二幕的冲突的场景了吗？

它足够强大吗？主角能坚持得住不进入这场斗争吗？

它是出现在你的总页码中的 1/5 之前吗？

超级结构的提示

换一种方式来描述一部小说，它是关于一个人物遇到了**意志力量**挑战的故事。如果这个人没有采取行动，那他就不过是一个懦弱的人而已。你的主角绝不能是一个懦弱的人！但是有些事情会超出他的控制，就像是在一间闹鬼的屋子里，一扇门在他身后砰地一声关上了。我们可以把这些事件看成**插入的情节**。

6 踹小腿

穿过 1 号不归之门后，这个人物必须面对一处障碍，它是第二幕事关存亡的危机中的第一个真正的考验。

这个新的麻烦与整个故事有关。它是主角走向前台、卷入主要冲突时遇到的首个挑战。

不要让人等待这个场景太久。读者知道你已经身处事件的中心了。如果你把踹小腿的动作拖延得太久，读者就会开始怀疑事情是否真的到了看上去那样糟糕的程度。

我们来看几个例子。

对斯佳丽·奥哈拉来说，使事情复杂化的主要因素是她要努力保全塔拉庄园和瑞德·巴特勒碍了她和阿希礼的事。回到第一幕中斯佳丽第一次遇到他的那会儿，她在藏书室里冲着阿希礼发脾气，而瑞德正好躺在那里休息。

在那一次之后发生了很多事情，比如说南北战争爆发了，斯佳丽为了激怒阿希礼而与查尔斯·汉密尔顿结婚，查尔斯后来死于肺炎。

现在，斯佳丽年方十六岁，成了寡妇（在书中她还是母亲）。

在这种糟糕的状态下，她动身前往亚特兰大，与亲戚们住在一起。在那里，她整整一年都在服丧，没有任何好玩的事情，没有和男人打情骂俏的机会，没有去参加聚会活动。要多无聊就有多无聊。

玛格丽特·米切尔用快速的叙述方式把这段时间的事件介绍完毕。

最终，斯佳丽得到了一个参加聚会的机会！但不是为了去玩乐。在亚特兰大一个为军队举行的大型募捐活动中，她只能坐在一个摊位后的凳子上。但是，她至少**接近**音乐、舞蹈和娱乐了。她会抓住这个机会好好放松一下的！

可是，紧接着谁出现了？瑞德·巴特勒！

她觉得无比尴尬。他戏弄她。她对他恶声恶气没好脸色。

这个时刻并没有很快地结束，米切尔让它成为一次踹小腿的动作。瑞德出价一百五十元——是金币——要求斯佳丽与他共舞，于是这一脚踢了出去。

活动主持人米德大夫说她不能跳舞，因为她正在服丧。但斯佳丽猛地跳了起来，“是的，我愿意！”

因此，他们跳舞了，瑞德就此开始追求斯佳丽·奥哈拉。之所以称这是一次踹小腿，是因为斯佳丽仍旧对阿希礼念念不忘。瑞德将成为一个真正使事情变得更加复杂的因素。

踹小腿的动作也可以是一次情感上的震荡，一次内部风险的加深。这样的例子可见于《饥饿游戏》。

回忆一下凯特尼斯被迫进入 1 号不归之门的场景——**一群治安警看管着我们，穿过法院大楼的前门**。现在没有出去的路了，逃不出去了。她必须往前走，加入游戏。

那么，她将要遇到的主要障碍是什么呢？她对皮塔矛盾的感情，后者曾经向她表达过善意。他们都登上了运送贡品的火车，并第一次遇到黑密斯。黑密斯喝醉了，不断地呕吐。皮塔扶他进入房间，把他清洗干净。

他为什么要这么做？凯特尼斯想弄明白。是为了讨好他们的导师？或者是因为他原本就是一个善良的人？正如他当初给她面包时的那个模样？这一次踢在了凯特尼斯的心上。

> 这个想法让我心头一紧。善良的皮塔·麦拉克比冷酷的皮塔·麦拉克对我来说更加危险。因为善良的人能

深入我的内心，并在那里扎下根来。我不能让皮塔这样深入我的内心，至少在我们将要前往的竞技场不能。所以我决定，从现在起，要尽量少跟这个面包师的儿子打交道[①]。

这种矛盾的情感贯穿了这一章，它是这样结束的：

当然，这一连串的事情还不足以说明问题，可我感觉到他的行动计划正在成形。他没有坐以待毙，正在努力争取存活的机会。也就是说这个善良的皮塔·麦拉克，那个曾给我面包的人，正尽其所能，要置我于死地[②]。

在《杀死一只知更鸟》中，斯库特的父亲阿蒂克斯承担了为一名被指控强奸了白人姑娘的黑人汤姆·鲁宾逊辩护的工作，这一事实把斯库特猛地推入了1号不归之门。在那个时代的美国南方，这是一个不可能获胜的诉讼。

---

① 苏珊·柯林斯．饥饿游戏I．耿芳，译．北京：作家出版社，2013：43．内容有改动。——译者注

② 苏珊·柯林斯．饥饿游戏I．耿芳，译．北京：作家出版社，2013：52．——译者注

当斯库特和她的哥哥杰姆遇到亨利·拉斐特·杜博斯太太之后，斯库特的小腿被踹了一脚。

杜博斯太太代表旧南方传统和对种族问题的态度。而这将要成为斯库特心里最重要的斗争内容。她将成长为另一位杜博斯太太吗？（这将成为一种精神上的死亡。）还是她会学会把所有人都放在同等的地位上予以尊重？

杜博斯太太开始对两个孩子一顿呵斥，说他们没有去上学。杰姆解释说今天是星期六。

但杜博斯太太没有被这个事实说服。和以往遇到这一类事情时的态度一样，她火冒三丈。

她用“患关节炎的手指”指着斯库特，严厉谴责她穿背带裤的行为。这样的女孩将来很可能会在O. K. 咖啡馆当侍应生！杜博斯太太继续说：

> “芬奇家不仅有人端盘子，还有人在法庭上帮黑鬼打官司！”
>
> 杰姆僵住了。杜博斯太太的恶言恶语击中了要害，她自己也知道：

“没错，当一个芬奇家的人和自己人作对时，这世界会变成什么样？我来告诉你们！”她用手按住嘴巴，拉出了一条长长、白白的唾沫。“你们父亲比他为之效力的那些黑鬼和无赖好不到哪儿去！”①

在这一章稍后的地方，阿蒂克斯警告斯库特：

“等到了夏天，你们还要在很多更恶劣的事情上保持理智……我知道，这对你和杰姆很不公平，可是有时候我们必须在不利的情况下尽力而为，在关键时刻，我们要引导自己向——噢，我现在只能说，等你和杰姆长大后，也许你们会带着一些怜悯和情感去回顾这件事，因为我没有让你们失望。”②

看看第一个大障碍是如何与整个故事连接起来的？它主要是由一个内心的瞬间变化完成的。

---

① 哈珀·李．杀死一只反舌鸟．高红梅，译．南京：译林出版社，2009：119．内容有改动。——译者注

② 哈珀·李．杀死一只反舌鸟．高红梅，译．南京：译林出版社，2009：122．内容有改动。——译者注

在一部动作小说中，这个踢脚动作通常是一个外在的障碍物。《致命武器》提供了一个例子。

里格斯和默托结为搭档后（通过 1 号不归之门之后，他们不得不在一起追查一桩案件，而这桩案子涉及的范围之广，超出了他们的意料），他们就受害者死亡一事去与一名目击证人面谈。这位证人说了些什么？他们谈话了吗？没有，一场枪战开始了！默托射中了证人的腿，里格斯却开枪把他打死了。

这是一起因为过火的行为惹出的麻烦。为什么必然会出现这样的情况？他们很快就会把答案找出来，但不是现在。小腿上被踹了一脚，而故事里隐藏的更大的问题仍旧秘而不宣。

为什么这样做有用

一个踹小腿的动作是故事构建过程中的一部分。小说情节向前发展，就需要持续增加麻烦。这个节拍是第二幕中的第一次出击。对于将要经历整个故事的读者来说，它是很重要的。它让他们开始相信，这本书的其余部分为主角准备了更多以及更大的障碍。

对设计情节式作家和直觉式作家有用的建议

设计情节式作家和直觉式作家随时都能进入头脑风暴的状态。所以，试试这种方法：列出一份可以阻挠主角的障碍物和反面角色的长长的单子。尽情地去写吧。当你写出十五项或者二十项时，把里面最好的挑选出来，按照坏的、更坏的、最坏的顺序排列。

其中最坏的那一项，就是踹小腿的动作。

超级结构的提示

请记住：制造麻烦是你的职责所在！在书中的每一个场景里，你都要毫不犹豫地做好你的工作。

7 镜像瞬间

这个节拍是如此重要，以至于我为它写了一本书，这本书的名字是《从中间开始写你的小说》。作为众多路标中的一个，我将在这里为你讲述它的要点。

通过研究所谓的中间点，我发现了这个被我称为“镜像瞬间”的东西。在为了探究小说技巧而浏览书籍和博客的过程中，关于这个中间点该做些什么，我没有找到统一的意见。

有些定义很好也很可行，但不是所有的对我都有说服力。其他的定义则或者过于学术化，或者过于理论化。

这个中间点是否真的具有某种独一无二的特质，对此我心存疑虑。在第二幕一连串的表示情节攀升的场景中，就不能用其他方式吗？它为什么必须是一个特殊的点呢？

于是，我决定自己查个明白。

我找出一些我喜欢的电影，用计时器确定这些影片正中间的部分。这些电影是《卡萨布兰卡》《亡命天涯》《致命武器》、《月色撩人》(*Moonstruck*)。

我的发现彻彻底底地把我打败了，让我完全不知所措。

然后我又选了两部我最喜欢的小说，《饥饿游戏》和

《飘》，我从书的正中间打开，前前后后地翻看。

我有了同样的发现。

这再一次让我感到不知所措。

我的发现是，主要人物在某一时刻不得不象征性地审视自身，就像在照镜子一样。他正面临一个令人不安的事实：改变或者死亡。

以《卡萨布兰卡》为例。为了忘掉伊尔莎这个（他认为）背叛了他的女人，里克来到卡萨布兰卡。但后来伊尔莎也到了这里，并在一个晚上走进了他的餐馆，她的丈夫维克多·拉兹洛和她在一起！

顺便说一句，这就是1号不归之门，它引发了这部影片剩余部分的矛盾冲突。

里克像一个20世纪40年代感情丰富的美国男人一样应对这件事——他喝醉了。打烊后，他和钢琴演奏手萨姆坐在他的酒馆里喝酒，然后这里有一段关于他在巴黎生活的倒叙，巴黎是他遇到伊尔莎的地方。他们相爱，里克向她求婚，但是直到最后一趟火车开出车站，伊尔莎都没有出现。

倒叙之后，又回到了酒馆里，里克正在一杯接一杯地灌酒。然后伊尔莎走进来，解释她在巴黎离开他的原因，那就是她发现自己一直以为已经死于集中营的丈夫还活着。她恳求得到里克的谅解，但里克愤怒无比，甚至称她本质上就是一个娼妓：

“告诉我，你是为了谁离开我的？是拉兹洛，还是我们中间还有其他人？或者是你不会说出来的人？”

眼泪从伊尔莎的脸上流淌下来，她看着这个与她曾经爱过的那个人迥然不同的男人，没有再说一个字，转身走了。

里克无比厌弃自己，双手抱着脑袋。他正在进行这样的思考：“做出了这样事情的我到底是个什么样的人？”

他正在看着镜子里的自己。

影片剩下的部分将决定他是继续做一个自私的酒鬼还是重拾他的仁爱精神，而这正是《卡萨布兰卡》真正的内涵所在，既是叙事上的，也是主题上的。

它涉及精神的生存和死亡。

还有另一类镜像瞬间，通常可从动作片中找到。它通常发生于人物审视他的处境，并且思考“困难太大了，我不可能挺过去，我可能会死掉”的时刻。

这样的时刻恰好就在《饥饿游戏》的正中间。那里有一段这样的话：

> 我知道结束的时刻就要来临了。我的腿在颤抖，我的心跳得太快……我的手指头触摸着光滑的地面，在上面轻轻地画着。**这是一个为死亡准备的好地方**，我想[①]。

《亡命天涯》里也有一个这样的时刻。在影片的中间，理查德·金布尔大夫正住在一间租来的地下室里，突然到处都是警察，他们拔出手枪，包围了这里！金布尔像捕鼠夹上的老鼠一样被困住了。

没想到，警察们冲向了女房东的儿子、一个贩卖毒品的嫌疑犯。

意识到这一点，金布尔的精神崩溃了，他痛哭起来。

在一部小说中，你可能会描写他的内心想法。**我不能再这样做了。我在骗谁？我不是街头犯罪者。全美国的司法部**

① 苏珊·柯林斯．饥饿游戏 I．耿芳，译．北京：作家出版社，2013：150．内容有改动。——译者注

门都在盯着我，更不用提芝加哥警方了。我不会成功的！

因此，这里有两类镜像瞬间：

1. 我是谁？我变成了怎样的人？为了做出改变，我需要做些什么？

2. 我不可能在这场斗争中取胜。我要死了。

第一个类型的镜像瞬间告诉这个人，他必须成长为另一个更优秀的人（如果他没有做到，我们将看到一个悲剧）。

第二个类型则要求这个人为了生存而变得更加强大。

你的镜像瞬间将打开灯光，照亮你的小说中的其他一切。

镜像瞬间在任何类型的小说中都有作用。例如，如果一本书写的是一个女人想要摆脱强势母亲的掌控，那么这个镜像瞬间可以是“我可能快要死了”类型。在这个例子中的死亡是一种精神上的死亡。

贝蒂·戴维斯（Bette Davis）出演的经典之作《扬帆》（*Now, Voyager*）里就有这样的镜像瞬间。戴维斯扮演夏洛特·韦尔，她是一个没有什么天分的平凡的女人，在心理上受到她的家庭，尤其是她的固执己见的母亲的伤害。当夏洛特终于逃出来，开始寻找真正的自我时（在一名与她相爱的男人的帮助下），她不得不回到家中，再次面对她的母亲。

这是在影片正中间爆发的一次紧张的冲突。夏洛特开始思考自己是否将不得不回到原点，恢复到从前的样子。她正面临着精神上的死亡。

她会走上哪一条道路呢？她会变得更加强大吗？（这是一部贝蒂·戴维斯主演的电影，因此你们应该能猜到答案！）

此外，即使是最讲究纯风格的著作也能从镜像瞬间获益。

典型的例子是由唐·彭德尔顿（Don Pendleton）开创的《刽子手》系列（*The Executioner Series*）。这些是毫无花哨之处的、全速突进的男性动作冒险小说。平均死亡人数是多少？每一本书都达到了两位数。几乎所有人的死都要算到主角麦克头上，他也被称为“刽子手”博兰。

这些书写得怎么样呢？对了，这个系列现在有超过 600 本书，还有相应的衍生产品（彭德尔顿不再写这个系列小说后，其他的作家承担了这份工作），销量达到数亿之多。

在读系列小说时，我总是喜欢读其中的第一本，因此，我在这里拿出来的是这个系列的第一本《与黑手党作战》(*War Against the Mafia*)（1969）。

麦克·博兰不属于喜欢自我反省的那一类人。他是曾经在越南战争中服役的前绿色贝雷帽狙击手，在那次战争中，他至少杀死了九十七人。

在他服役期间，他父亲得罪了黑手党。结果是：他的父亲、母亲以及妹妹都死了。

因此，博兰要让整个黑手党付出代价。

该书的封底这样描述博兰：他强硬有力、果断冷酷，不带一丝感情色彩。

你可能不会期待在这样的一本书中有任何一种类型的镜像瞬间。但是它就在那里，位于全书的正中间：

> 现在每一个人都对他紧追不放——警察，黑手党，职业杀手，也许整个该死的世界都是。博兰轻微地颤抖了一下。
>
> 害怕是一种自然的情感，他告诉自己。**利用它！让**

它为你效力！这是他之前很多次用来鼓舞士气的话语。可是话说回来，他之前也从来没有这样孤独过……他还能躲避那些人多久？不会太久，他对这个事实有足够清醒的认识。他大概最多还有几天的时间。只有几天。好吧——他必须在几天的时间里去做他不得不做的事情。他得砸开黑手党的大门，让他们惊恐逃散，他得避开他们的杀手，避开那些警察，还要保证自己在这个过程中免于失败——两到三天内要把它们全部搞定。他能做到吗？他拍了拍那条大马林鱼。嗯——要么完成，要么死掉。事情就这么简单。

为什么这样做有用

依我个人之浅见，镜像瞬间在所有路标中是效果最好的。它会带领你抵达故事的核心。它帮助你准确地确定你想要写的小说的类型——或者你的作家的大脑正尝试着要**告诉**你去写些什么。

它就像一盏位于山顶的探照灯，帮助你看清楚公路延伸出去的两个方向。

对设计情节式作家和直觉式作家有用的建议

概要：你是怎样引导你的大脑构思出那些场景的？你当然能够用到路标上的提示，但是当你从故事情节中得到更多的信息时，你的想法就要相应地做出改变。为什么不从一开始就掌握最重要的东西呢？镜像瞬间预先就引发了头脑风暴，然后在你构想场景并为它们搭建框架的时候，它们将提供一个可以参照的有机统一体。

直觉式作家们，你们喜欢沿着小说的道路无忧无虑地走下去，是吗？你扛着流浪的铺盖，吹着欢快的口哨，不知道自己将走向何方，但又确定将在某个地方停下脚步。但是，这“某个地方”原来是一个周围是厚重墙壁的漆黑洞穴。你不得不退出来，折回到原来走过的路，试着朝另一个方向前进——它会带你去往另一个洞穴。

因此，你高高兴兴地写作，但是在大约五千或一万字之后要停下来，闻一闻玫瑰的花香。你在这么做的同时，运用头脑风暴创造一个可能出现的镜像瞬间，写下这个场景，感受它。别忘了，你是直觉式作家，你能够不按次序写作而不出任何问题。唯独这次，你将写出一些解释清楚的并且能把你送往正确方向的东西。

超级结构的提示

当我们身陷危机时，我们会做出自己一生中最大的改变。不朽的小说同样建立在这个基础之上：它描述了一个人如何凭借意志的力量接受那些危及生命的挑战，并由于这种不懈的抗争而脱胎换骨。只有在我们感觉到**必须**有所转变时，才会**发生**转变。镜像瞬间为小说中的人物，最重要的是为读者清楚地指出了这一点。

8 抚摸小狗

让我们想象一下，夜晚在旧金山黑暗的街道上，肮脏的哈里·卡拉汉陷入枪战中（不难做到，是不是?）。他拨出了手枪，44 马格南子弹安装完毕，他倚靠在小巷的墙上，一颗子弹打碎了他脑袋旁边的一块砖头。

麻烦了。更多的子弹认准了他的方向呼啸而来。

咣当！

声音是从他的背后传来的！

哈里飞快地转身，手枪瞄准那一头。

那里只有一个垃圾桶，它翻倒在地上，从桶后走出一只毛发散乱的小狗。

小狗摇着尾巴朝着肮脏的哈里走过去。

哈里低头看着它，感觉头都大了。“你最好离开这儿，伙计。”

小狗哪儿都不去。

哈里俯下身子，一只手拎起小狗。

“听到我的话了吗?”

小狗舔哈里的脸。

哈里低声咆哮着。

小狗再次舔了他的脸。

又一声枪响！

哈里带着狗沿着巷子奔跑，一直跑到安全地带。枪手离开了，而这只小狗安全了。

哈里在忙于解决自己的麻烦的时候却停了下来，去帮助一个比他弱小的对象，这就是他所做的事情。

这就是抚摸小狗的节拍。

到了第二幕中的某个时刻（通常就在镜像瞬间的前面或者后面），抚摸小狗的节拍说明主角是一个有爱心的人。也许他心里不是很情愿，但他还是这么去做了。

这会让读者的情感与主人公更为紧密地联系在一起。

你会发现，抚摸小狗的节拍存在于所有的经典著作和电影中。

你看过爱情喜剧片《一夜风流》（*It Happened One Night*）吗？没有？那现在去看吧，我等着你。

欢迎回来。《一夜风流》是 1934 年最热门的影片，让克拉克·盖博（Clark Gable）火速升入超级巨星的行列，它还横扫了奥斯卡金像奖的所有奖项。

故事讲述的是被宠坏的女继承人埃莉·安德鲁斯（克劳德特·科尔伯特（Claudette Colbert）饰）想与一名富翁结婚，但她父亲认为那人是个大骗子。她从父亲的软禁她的游艇上跳了下去，泅水逃走了。

现在她独自一人（这是她人生中的第一次）前往纽约，想在那里与她的情人相会。

但是她缺乏在城市生活的能力，而且她的照片已经被刊登在了所有的报纸上。

彼得·沃恩（克拉克·盖博饰）出现了，他是一名倒霉落魄的记者，如今发现了这条本世纪的独家新闻。他主动帮助埃莉去纽约，条件是她的故事要成为他的独家报道。

这段公路旅行就此开始了。

他们坐夜班车出发。由于他们只有一点点钱，彼得告诉埃莉，他们需要严格控制预算开支。在汽车冲进一道水沟之前，事情似乎进展得很顺利。车上的人都在兴高采烈地娱乐，彼得和埃莉开怀大笑，直到他们听见一个小男孩非常悲伤的哭泣声。

“妈！妈！”

他在为他晕倒的母亲哭泣。

彼得过去帮忙，他让埃莉去弄点水来。她把水拿过来，彼得给这个女人喝了一点水，她开始苏醒过来。

彼得和埃莉尽量安慰这个男孩，男孩说他和他妈妈从昨天开始就没有吃东西了。他母亲把身上所有的钱都用来买了车票，这样他们才能去纽约，她有可能在那里找到一份工作。

“饿着肚子出门是一件很糟糕的事情，孩子，”彼得说，“你为什么没有请求别人帮忙?”

“我是想这么做的，但是妈妈不准，我猜她觉得难为情。”

彼得从口袋里掏出仅有的一张钞票，当他想再仔细地看一下时，埃莉一把抢了过去，塞给了那个男孩。男孩表示拒绝，说他不应当拿。“你们需要它。”他说。

当然，他们接受了。不过彼得说：“忘记它吧，孩子。我得到了几百万。”

那就是一个抚摸小狗的瞬间，让我们给予彼得·沃恩更大的同情，对被宠坏的女继承人埃莉的同情心也多了那么一点点（因为对她来说，钱不是一个需要考虑的问题）。

《亡命天涯》第二幕中有一个杰出的抚摸小狗的场景。理查德·金布尔假扮一名医院清洁工，这样他就能弄到假肢安装记录，并且接近那个独臂男人。他正要从医院溜走的时候，被堵在了拥挤的创伤楼层。

他在等待出去的机会时注意到了一个躺在轮床上的小男孩，他正在哭泣。从金布尔脸上的表情，我们知道他想去帮助那个男孩，但是他不能这么做，因为他找不到一个在不暴露自己真实身份的前提下去做这件事情的机会。一名医生草率地看了一下胸部X光片，就说这小孩不要紧。

督导医生看见了金布尔，要求他把小孩推进观察室里。于是金布尔推着轮床离开了那里。

他推着轮床的时候，询问了男孩受伤的位置。他悄悄地把X光片从信封中抽出来，举在灯光下察看。

他确定男孩需要马上手术。于是，在电梯里，他修改了男孩的治疗方案，然后把他推进一间手术室，移交给一名外科医生，这名医生会为这个男孩提供他所需要的治疗。

所以，金布尔冒着被发现的危险拯救了一个男孩的生命。而电影制片人正是利用了这个。创伤楼层的医生看到金布尔在看那张X光片，她追上了他，与他对质。因为对他的托词不满意，她一把抓下他的身份标识，并且大声叫保安。

金布尔在抚摸小狗的瞬间陷入了更大的麻烦。

请注意，当抚摸小狗的瞬间对主角构成威胁甚至直接让他身临险境时，它是最棒的。

你能说出《饥饿游戏》中抚摸小狗的片段吗？你当然可以。只要问你自己，在游戏过程中凯特尼斯在什么时候让自己冒着生命危险去帮助那些比她更为弱小的人。

毫无疑问，是她在帮助露的那个时刻。

你能够看到抚摸小狗的节拍与爱心包裹的节拍之间的联系。它们之间的区别在于爱心包裹与故事开始之前已经存在的关系有关，而抚摸小狗涉及的是突然出现在第二幕麻烦中的一种出人意料的新关系。

为什么这样做有用

作品中如果有了爱心包裹，我们会因为同情心而被那些不会只顾着自己的人物所吸引。一个抚摸小狗的瞬间会强化读者的这种感受。

对设计情节式作家和直觉式作家有用的建议

设计情节式作家能够想出一个抚摸小狗的场景，并且利用它来塑造一个新的角色（比如说露）。在你的提纲逐步扩展的时候，你可以自由地移动这个场景，给予它一个具有战略意义的位置。例如，如果你在写一个特别紧张的场景，然后在一个充满悬念的地方中断了，这个时候，一段抚摸小狗的节拍表现了你的主人公的仁爱精神，同时还能延续这种张力。

对直觉式作家来说，面临的挑战之一是在接下来写作的日子里你不知道要写些什么。帮助你摆脱这一困境的技巧之一是引进一个新的角色。如果你妥妥当当地进入了你的故事中，那么试着在这里应用抚摸小狗的节拍。为我们提供一个新的角色，而你的主人公必须去帮他一把。

超级结构的提示

如果主人公一门心思只为自己着想，就会给读者带来负面的印象，尽管这种印象可能不太明显。抚摸小狗的举动增添了一个极为必要的对立物，抵消了这种不良氛围。它既可以是像救人一命这样的大事，也可以是像给予某人一句很有必要的友善的话这样的小事。

9 2号不归之门

之所以把这一步称为 2 号不归之门，是因为又一次没有回头路可走了。主角穿过这道门，那里有他无法回避的最后的战役，他要进行彻底的解决。

让我们从第二幕中发生的事情开始讨论。主要的行动发生于第二幕，赌注是死亡（肉体的、职业的或精神的死亡），主角不得不去参加战斗。

第二幕由一系列事件组成，在这里，人物要直面和抗拒死亡，有敌对力量与他作对。

在《飘》的第二幕中，斯佳丽不得不在北方佬到达亚特兰大之前与梅兰妮和梅兰妮的孩子逃离那里。

她必须弄到钱，把塔拉庄园从繁重的税费中解救出来。

她必须想出办法控制那位迷人的瑞德·巴特勒，因为他老是出现在她的左右。

诸如此类。

然后斯佳丽通过了 2 号不归之门，在第三幕中寻找她自己。在一部小说中，第二道门是一个重要的危机或者挫折，或者是某条线索或者是某种发现。无论它是什么，它都会把整个行动引向最后的战役。

《飘》中的第二道门是一个重大的挫折。斯佳丽的丈夫弗兰克·肯尼迪被枪杀了，这让斯佳丽成了寡妇，直到她同意与瑞德结婚为止。

这段婚姻促成了必然会在斯佳丽心中发生的最后的战役。她仍旧相信**她的心属于阿希礼，永永远远**。危机加剧了。瑞德终于意识到斯佳丽永远不会放弃阿希礼，下决心放弃这段婚姻。然而斯佳丽最终幡然醒悟：她一直生活在一个虚假的梦幻中。家和瑞德才是她真正需要的东西。但是这种认识来得太晚了，瑞德根本不在乎了，而斯佳丽将不得不回到塔拉庄园，去思考让他回头的办法。明天又是新的一天。

关于 2 号不归之门的还有其他例子：

汉尼拔·莱克特告诉克拉丽斯·史达琳，野牛比尔觊觎他每天看到的东西。这是线索！这个线索引导克拉丽斯找到了杀手。(《沉默的羔羊》)

一具携带着包裹的轮船船长的弹痕累累的尸体倒在了萨姆·斯佩德的办公室里。包裹里是一只黑色的鸟。这是一个重大发现！(《马耳他之鹰》)

全由白人组成的陪审团判决无辜的黑人汤姆·鲁宾逊犯有强奸罪，尽管他无罪的证据确凿。这是一个重大的挫折！(《杀死一只知更鸟》)

为什么这样做有用

除非有进入最后战役的方法，否则第二幕将永无止境地延续下去。三幕式结构自身的节奏告诉我们，这第二道门大概会在这本书余下的四分之一或者再晚一点的地方打开。

对设计情节式作家和直觉式作家有用的建议

设计情节式的作家们，在你们彻底沉湎于你们的小说或者故事概要之前，最好不要明确指出第二道门。这个场景的内容将受到你在此之前已经做出的全部决断的影响。你塑造的那些有血有肉的人物，你写下的那些惊喜的场景，你在写作过程中增添的新的事件——所有这些都为 2 号不归之门提供了可能性。

直觉式作家们，你们喜欢的是发现的观点，因此这是你们殷切期待的一个路标。我建议你不要时刻惦记着它。在做你的日常工作时，让你的作家的心灵轰隆隆地前行，快乐地去写吧。在远未写到那个场景之前，你可能会发现自己想到了好几种可能性。把这些想法都写下来，其中的一种很可能就是你需要的那一个。

超级结构的提示

读者们不喜欢看到主角通过机缘巧合的方式帮助他人摆脱困境。因此，不要让第二道门有提供这种可能的机会。危机或者挫折可以以那样的方式出现，是因为它不是一种帮助，而是一个麻烦。但是，应该安排一个发现或者一条线索，是因为主角做了什么事情才发现了它，或者赢得了它。他费尽心力或者经过深入思考后，才打开了这道门。

10 增长的力量

我们通过了第二道不归之门，很快就要参加最终战役。除非接受最后的挑战，否则就不再回到堪萨斯州。

知道最终战役将很快来临，反对者会集聚他的力量。

在《飘》中，斯佳丽失去了她的丈夫弗兰克。不过她和瑞德结婚了，于是我们进入了第三幕。她和瑞德生了一个女儿，那就是邦妮·布卢·巴特勒。

但是她仍旧爱着阿希礼，瑞德也知道这件事。

他们俩之间有一场角力，针对的是他们将如何安排自己——斯佳丽不想再生孩子，瑞德希望他的女儿过得体面。斯佳丽想要一个人睡觉，瑞德同声名狼藉的女人贝尔·沃特林来往。

于是一天晚上，瑞德使出了他最有力的手段——身体上的手段。他把斯佳丽带进他们的房间，强迫她服从于他。

斯佳丽将会如何面对？第三幕余下的部分讲述了这个故事。

《致命武器》里，默托在他马里布的房子里遇到了他的战友。他得知战友女儿的死与贩卖毒品有关，这些毒品是中央情报局的前雇佣兵经营的。默托说他会解决这件事情，但他的好友说“这事太棘手”。默托坚持说在揭开全部谜底之前他绝不罢休。

但接下来发生的事情是，一架直升机突然冒了出来，坐在直升机里的是带着一把步枪的加里·布西（Gary Busey）。

加里·布西手持任何类型的武器都不会是好事，不管你看的是他演的哪一部电影。

布西枪杀了默托的好友就证明了这一点。

这些力量被大大地增强了。雇佣兵们了解局势，想要通过杀人来压制一切，现在已经发展到了将要决一死战的地步了。

在《杀死一只知更鸟》中，汤姆·鲁宾逊被宣判有罪（重要的挫折）之后，过了一段时间，鲍勃·尤厄尔找到阿蒂克斯·芬奇，冲他吐口水，怂恿他和他打一架。阿蒂克斯没有动手，但很显然吉姆和斯库特觉得危险，他们认为阿蒂克斯应当开始佩枪。

这本书中的力量有两种形式。身体上的危险是尤厄尔带给阿蒂克斯的，而精神上的危险则来自小镇上的女人们针对斯库特的行为。她们想要确保斯库特长大后和她们一样。当传道会在芬奇家聚会时，斯库特必须穿上裙子。裙子是南方淑女的标志，但斯库特对此并不全然接受，她把裤子穿在裙子里面！

这些太太们都叫她“琼·玛丽”，那才是适合她的名字。斯库特告诉我们，这是亚历山德拉姑姑发起的“教导我成为端庄淑女行动”的一部分。南方生活方式的压力正在上升，就要对斯库特·芬奇产生影响了！

为什么这样做有用

增长的力量也许是整个超级结构中最符合逻辑的部分。在第三幕中，冲向结尾的势头丝毫没有减退。还记得韦尔斯·鲁特勾勒的那幅湍急河流的图画吗？第三幕就像是奔向一处瀑布，你不能停下来。反对者知道这个情况，他积蓄着力量。他知道即将面临哪种类型的死亡威胁，因此，他为最终战役做准备是合情合理的。

对设计情节式作家和直觉式作家有用的建议

回到踹小腿的部分的论述，我在那里建议你们列出一张关于可能出现的障碍物的长长的名单，按照坏的、更坏的、最坏的顺序排列。增长的力量应当是一个“更坏的”环节。到了灯光熄灭的时候（那是我们的下一个部分），最坏的部分还没有到来。

因此，回头去看看你们的名单，或者创造一些新的可能性。罗列从头脑风暴中产生的名单是小说家最有创意的训练之一。设计情节式作家和直觉式作家们在写作过程中随时都能做这项训练。

超级结构的提示

无论你写的是哪一类小说，写出来的故事都应当给人一种像《星球大战》中的垃圾压缩机一样的感觉。你们的主角被推入小说的情境中，然后他注意到那些墙壁开始将他围困起来。在第二幕中，他还有时间去逃离危险，但在第三幕，时间都用完了，四周的墙壁即将把他压成碎片。

11 熄　灯

最深沉的黑暗。

最漆黑的夜晚。

似乎一切都已经消失的时刻。

这就是熄灯。这是一个看上去主角似乎不可能在与死亡的抗争中取胜的时刻。

也许是那些与他正面交锋的力量过于强大。

或者是他没有更好的选择，陷入了进退两难的困境。

这儿是你让读者去咬他们比喻意义上的手指头，甚至去咬真正的手指头的地方。

你要让他们意识到“无路可走了!”。

主角心中也要升起这个念头。

这里有一些例子。

在《致命武器》中，里格斯被那些坏人抓了起来。那是些坏透顶的家伙，这些人甚至会雇用加里·布西去为他们干那些肮脏的勾当。

在这个例子中，那个勾当是将里格斯的双臂捆绑并把他悬挂在一根水管下面，让他全身湿透。为什么要这样做？有一个男人用连接跨接电缆和车用蓄电池的方式，对里格斯施以大功率电击的刑罚，拷问的目的是要里格斯说出一趟海洛因的货运信息。

而加里·布西就站在旁边，目睹了这一切。

马丁·里格斯在这里找不到任何逃生的机会。

还有办法可想吗?

熄灯通常发生于临近最后战役的时刻，因此，书的结尾部分给人的感觉就像一列失控的火车。

在《飘》中，斯佳丽正朝着一个与瑞德、阿希礼、梅兰妮以及她的一生都有关的危机迈进，她的梦想岌岌可危。

于是，这个世界变得黑暗了。

她和瑞德生的女儿邦妮·布卢·巴特勒从一匹小马的背上掉下来，摔死了。

从那以后，书中的各种事件就像水流从悬崖倾泻下来一样。

在《饥饿游戏》接近结尾部分时，本来就很糟糕的事态以极快的速度进一步恶化。凯特尼斯和皮塔进入宙斯之角，还有加图一起，但是他们都被野狗追赶!

凯特尼斯搭好一支箭时，加图把皮塔的脑袋紧紧地夹在腋窝下。他大笑着说，“射我吧，他会跟着我一块掉下去。”

这个极端的困境是一种熄灯，凯特尼斯的解释如下：

> 他说得对。如果我射倒加图，他会掉进野狗群中，皮塔也必死无疑。我们陷入了僵局。我射中加图就会杀死皮塔；他杀了皮塔，自己脑门上也会挨上一箭。我们像雕塑一样站着，两个人都在想应对的计策①。

在《杀死一只知更鸟》中，叙述者斯库特（作为一名成年人）告诉我们灯光在什么时候将会熄灭。那是在第 27 章的结尾：**杰姆说他会带我去。于是，我们最漫长的旅程开始了**②。

从物理距离来说，这并不是一段漫长的旅行。它是一段抵达童年最深的恐惧的旅行。它们会完整地浮现出来吗？

那是在万圣节庆典的晚上，斯库特装扮成一块巨大的

---

① 苏珊·柯林斯．饥饿游戏 I．耿芳，译．北京：作家出版社，2013：292．内容有改动。——译者注

② 哈珀·李．杀死一只反舌鸟．高红梅，译．南京：译林出版社，2009：293．内容有改动。——译者注

火腿。

鲍勃·尤厄尔当然是在黑暗中袭击他们的。当时，杰姆受了伤，套在火腿形演出服里的斯库特被撞倒在地上。

和大多数伟大的纯文学小说一样，《杀死一只知更鸟》描述的是内心的转化。斯库特由单纯走向了警觉，由幼稚转变为初步成熟。

她将如何处理发生在她和杰姆身上的事情呢？当灯光熄灭时，我们会问这个问题。

为什么这样做有用

我的朋友兼教学同仁克里斯托弗·沃格勒（Christopher Vogler）（《作家之旅：源自神话的写作要义》（*The Writer's Journey*：*Mythic Structure for Writers*）的作者）称它是一种“死亡和再生”的节拍。英雄人物必须“摆脱这段旅行中原有的个性，建立起一种新的能适合人物回归平凡世界的品格”。这是作品中的一个决定性的“净化环节”。

沃格勒说，这会在作品的受众心中完成一次**宣泄**。在一个令人满意的故事里，读者会超越纯粹的叙事层面，转向一次真实的“意识的扩张”。

人们总是会在灯光熄灭的时候最强烈地意识到这一点。

现在要做些什么？那是下一章的话题。

对设计情节式作家和直觉式作家有用的建议

无论你是通过拟订提纲还是单凭直觉写成一份草稿，你都应当时刻倾听你那作家的心灵，同时不断地调整它，直到形成可能的结局。你需要的是列一个表。

设计情节式作家可以在开头就去罗列。

直觉式作家可以在追踪那些出现了的想法时去罗列。

它们中的一项将成为你笔下作品真正的结局。

不要扔掉这张表。从剩下的选择项中选出一项成为一次熄灯时刻。

在这个被称为写作的事情中，没有什么东西会被浪费掉。

超级结构的提示

有一些最伟大的结尾——例如《卡萨布兰卡》——会涉及牺牲。再生只能发生于死亡之后，死亡常常是指主角最想拥有的事物的牺牲。它可能是他自己的生命，就像《斯巴达克斯》（*Spartacus*）和《勇敢的心》（*Braveheart*）中发生的一样。

12 Q元素

Q元素这个名字来自詹姆斯·邦德系列电影中的一个命名，总部的人把一些小装备交给邦德，并告诉他要慎重地对待它们。这些装备的存在，有一个非常重要的理由。

我们直接去看已经形成套路的詹姆斯·邦德电影的结尾。邦德被套着脚脖子倒挂在一群食人鱼的上方，坏人露齿而笑，说些类似于“开心地游吧，邦德先生”这样的话。他设置了定时器，会让詹姆斯·邦德的身体一再降低，直到浸入食人鱼所在的水池，当然，他做完这些后就离开了。（存在于作品中的、有趣但令人费解的一点是，为什么那些反面人物总是在他们的对手被杀死之前离开现场。）

就在邦德的身体不断地下降、他即将死于非命的时候，他会想方设法让大拇指触碰到身上的一个袖扣，这个袖扣变成一个旋转的小锯子，他用这把锯子割断了捆绑双手的绳子。

现在，他能够把手伸进上衣口袋里了，他从里面掏出一支自来水笔。事实上，这支自来水笔是一个充了一管压缩氮气的装备，能发射出一个可以越过食人鱼水池的小型攀爬钩以及与之相连的绳子，邦德能够借助它荡到水池另一头安全的地方。

不过，如果我们从头阅读这个故事，第一次看到邦德简单地展示了这些物品的场景时，我们都会发出抱怨。这也太省事了！真是个骗子！

但是，这当然全都是为 Q 场景做的准备。因为我们之前看到过这些东西，所以当它们在适当的时候再次出现时，我们就会接受它们。

在小说中，主要人物在似乎丧失一切的时候逼近了故事的结尾。

灯光熄灭了。

眼下他需要的是勇气和动力，以奔赴最后的战役。就在这儿，Q 元素来了。

Q 是第一幕中准备的一种情感动力，在第三幕的关键时刻，它再度出现为小说提供灵感或者指导。

有时 Q 元素是一个象征符号，它以实体物的方式出现，类似《饥饿游戏》中，在最后的战役开启之前凯特尼斯抚摸的钉在衣服上的嘲笑鸟图案。

有时 Q 元素是对一位受人爱戴的导师的回忆，如卢克·天行者听见欧比旺提醒他“使用原力”。在老华纳兄弟娱乐公司20世纪30年代拍摄的影片中，你经常看到这样一个场景，面临最后战役的主角听到他的母亲或者一位牧师或者他的女友的声音，告诉他他能做得到！他能够去战斗并取得胜利！

简单地说，是发生了某些事情，让主角从自己道德和情感的积淀中获得了勇气。

在弗兰克·卡普拉（Frank Capra）伟大的电影《史密斯先生到华盛顿》（*Mr. Smith Goes to Washington*）中，詹姆斯·斯图尔特（James Stewart）扮演的年轻而天真的参议员首次来到华盛顿特区，他被这座代表了一切他喜爱的关于美国的事物的城市所吸引。因此，他悄悄离开他的控制者们的视线，进行了一次观光旅游，这段情节用一段精彩的蒙太奇手法表现了出来，这段蒙太奇结束于林肯纪念堂。在这里，年轻的杰斐逊·史密斯被深深地打动了，他读着刻在墙上的葛底斯堡演说，看到一个小男孩拉着祖父的手，试着去大声朗读这些句子。

他注意到一位举止斯文的非洲裔美国人满怀敬意地摘下

了自己头上的帽子。

史密斯回头仰望林肯的脸庞。

这个感人的时刻深深地烙在我们的心里了。

在临近结尾的地方，史密斯先生意识到他只是一名走狗，被一个堕落的政治机构当成一个傀儡，他甚至被一位曾经是他父亲好朋友的资深参议员背叛。史密斯把后者看作是插在他后背上的最后一把刀子，于是决定离开这座城市。

晚上，他穿过林肯纪念堂，这一次他是失败者，情绪低落。他心情沉重地坐在台阶上。

这时，琼·亚瑟（Jean Arthur）扮演的政治活动家来了。最初，她认为史密斯也是一个愚蠢的白痴，但是在他深陷众人的冷嘲热讽时，她开始尊重他的诚实正直。她说："我知道我会在这儿找到你。"然后又告诉他："还记得你来的那一天吗？记得你说过的关于林肯先生的话吗？你说他一直端坐在这里，等待着某个人。你说得对，他正在等待着那个领会到他的职责，然后可以继承和行使他的职责的人，这就是他一直在等待着的。一个可以怒斥泰勒并且把他们连根拔除的人，我想他一直等待的那个人正是你，杰夫。他确信你可以做到，我也是。”

亚伯拉罕·林肯就是杰斐逊·史密斯的Q元素。第一次参观纪念堂时体会到的所有情感现在又涌现在他的心头，他准备好去参加最后的战役了，尽管他看起来是完全不可能取得胜利的。

有时Q元素可以是一种负面情绪。在由经典西部片明星加里·库珀（Gary Cooper）扮演主角威尔·凯恩的电影《正午》（*High Noon*）中，凯恩发现自己将独自面对四名杀手，小镇上的居民们全都找借口拒绝施以援手。他知道他可能会死掉，而真正让他觉得倒霉透顶的是他刚与格雷斯·凯利结婚！

在故事发展到冲突的顶点之前，凯恩考虑骑马离开小镇。他再次打算和妻子一起去另一个地方，开一家商店。

当然，如果他这么做了，他将经历精神上的死亡。他会成为一个胆小鬼，他也没有履行自己作为一名治安官许下的誓约所承担的责任。

因此，他不得不在肉体上的死亡和精神上的死亡之间做出抉择。

真倒霉。

接下来登场的角色是由劳埃德·布里奇斯（Lloyd Bridges）扮演的哈维。哈维是一个真正的懦夫，一直不满于生活在优秀的威尔·凯恩的阴影之下。他了解凯恩，知道如果他能让凯恩离开小镇的话，实质上是向全镇人证明凯恩归根结底是一个懦夫，而相比之下他哈维好多了。

当哈维试图劝说凯恩这么去做的时候，凯恩意识到，如果他离开了，那他真的会成为和哈维一样懦弱的人。此时此刻，他下定决心要留下来。影片前半段介绍过的哈维就是帮助凯恩做出决断的负面 Q 元素。

为什么这样做有用

伟大的故事都与死亡有关，在面临死亡的威胁时，人物必然要面对**恐惧**。当所有的力量都集结起来反对主角时，恐惧会表现得最为明显。恐惧和常识想让主角甘拜下风，然后逃之夭夭。

是什么让他留下来进行战斗的？是 Q 元素，这种情感因素会在最需要它的时候出场。

对设计情节式作家和直觉式作家有用的建议

头脑风暴会发现一些可能成为 Q 元素的东西，包括实际物品、导师和能够表现懦弱品质或道德妥协的人物，从中选择一个你最喜欢的作为 Q 元素。

接下来，在第一幕的前半部分写一个场景，把这个元素从**情感上**固定在主角身上。例如史密斯注视林肯的脸，或者威尔·凯恩被哈维憎恶。

在第二幕中当作一次提醒而再次提到 Q 元素，也非常有用。你的手段一定要巧妙，应当几乎像一张看完就扔掉的广告传单一样不引人注意。只要它在取得最后的成功时让读者在心里对它有一点印象就足够了。

Q 元素是可以灵活移动的，把它安排在第三幕熄灯场景的前面或者后面都行。你可以把它放在你觉得合适的地方。

超级结构的提示

一部小说写的是一个人运用意志力与死亡的力量做斗争的故事。这种战斗的缘由不能仅仅是分析性质的。我们会出于情感的原因而行动起来，而不仅仅是因为逻辑推理。

13 最后的战役

每一个伟大的结尾都是一次最后的战役，它发生于主要人物的内心或者身外世界，有时是二者的混合。

身外世界的战斗，我指的是物质力量集结起来反对主角。这可以是一个帝国的军队这样大型的场面——例如《星球大战》——或者是像《国王的演讲》(*The King's Speech*)中艾伯特王子经受口吃的痛苦这样私人的事件。

问题在于：主角会鼓起勇气战斗吗？他会取得胜利吗？

人物内心的战斗，我指的是他不得不解决的心理上的战斗。主角会表现出促使自己改变的勇气吗？

例如，《卡萨布兰卡》中，最后的战役发生在里克（亨弗莱·鲍嘉（Humphrey Bogart）饰）的心里。在整部影片中，他都是一个反英雄人物，他不想站在纳粹分子的对立面。随后他生命中的爱人伊尔莎（英格丽·褒曼（Ingrid Bergman）饰）和她的丈夫、战争英雄维克多·拉兹洛（保罗·亨里德（Paul Henreid）饰）来到他的酒吧。到了结尾，里克可以重新拥有伊尔莎，她已经同意跟着里克一起离开。

噢，得了吧，这可是**英格丽·褒曼**！我们谈论的可是一个可望而不可及的完美女人！

但是，如果他真的带走了她，他将触犯一项社会的核心道德原则。作者也设定这一行为将对拉兹洛造成毁灭性打击，因此也会损害抵抗组织的利益。

里克不得不经历一场内心斗争，最终决定为了更高尚的事业而牺牲他在这个世界上最想要的东西。在这里，好莱坞电影史上最著名的结局出现了，那就是他得到了一个意想不到的回报——法国警长路易斯（克劳德·雷恩斯（Claude Rains）饰）没有因为里克杀死一名纳粹少校而逮捕他。相反，他们一同出发，重新加入抵抗组织。这是“一段美好友谊的开始”。

在《星球大战》中，最后的战役是一场实实在在的战争。卢克必须找到战斗的意志，也要找到驾驶他的 X 翼星际战斗机飞进死星的途径。

在到处都是身体对抗的《饥饿游戏》中，最后战役的来临让凯特尼斯又一次陷入两难处境。把皮塔从加图的钳制中解救出来后，克劳狄斯·坦普尔史密斯公布了一个令人震惊的消息，最近更改的允许有**两名**胜利者的规则被推翻了！现在只能有一人获胜！

凯特尼斯和皮塔是参赛者中剩下的最后两个人。

将是哪个人去杀死另外一个人呢?

凯特尼斯将如何解决与游戏制造者之间在意志上的最后的战役?

她用一个非常了不起的举动解决了这个问题。当得知凯匹特需要从游戏中选出一名胜利者时，她和皮塔都决定毒死自己。就在他们要这么做时，改变了的规则又一次被推翻了！凯特尼斯和皮塔都被宣布为胜利者。

在《致命武器》中，结尾有一场大型的战斗，里格斯和默托在这场战斗中与那些毒品贩子较量，最后杀死了他们。冲突最后发展成里格斯与约书亚先生（加里·布西饰）之间的一场打斗，里格斯打倒了他，但把他留给警察去拘捕。

可是，里格斯不得不接受一个沉痛的教训：永远不要把你的后背留给加里·布西。约书亚先生抢了警察的枪正要开枪，但里格斯和默托也都拔出了他们的枪，打死了约书亚先生。

为什么这样做有用

最后的战役是小说的关键之处，一切都要引导到这里来。没有它，问题得不到解决，事件不会得到妥善处理，我们读完这个故事也不会有一个完整的感觉。最后的战役能发挥作用，只是因为**它必须在这里，否则压根儿就不会有故事**。

对设计情节式作家和直觉式作家有用的建议

你是如何为你的男主角创造完美的最后战役的？请去看镜像瞬间！

如果你的男主角已经体验过一次“我可能会死掉”这类时刻了，那么你笔下的最后的战役十之八九会是与肉体上的死亡相关的。

如果体验过的是“我是谁/我变成什么样子了？”这样的时刻，那么这个最后的战役将有可能是内心的斗争，是一个进退两难的困境。

超级结构的提示

描述一个令人满意的故事的曲线发展的方式之一，是在最后表现出对**勇气**的追求。在一个外力型的结尾中，例如在恐怖小说中，主角必须鼓起勇气，与具有压倒性优势的对手做斗争。如果他死掉了，我们读到的是像《哈姆雷特》(*Hamlet*) 一样的悲剧。如果战争发生于内心世界，主角必须找到一种道德上的勇气，去做正确的事情。如果他没有找到，这个故事就会成为另一种类型的悲剧，主角留下来承担后果，就像《原野铁汉》（*Hud*）这部保罗·纽曼（Paul Newman）主演的电影（由拉里·麦克穆特瑞（Larry McMurtry）的小说《骑士，向前》（*Horseman，Pass By*）改编）的结尾那样。

14 转　换

超级结构的最后一个节拍是转换。它是整篇乐章的尾声，是共鸣，是结语。巧妙地完成它会让读者非常满意，以至于会让他们兴致勃勃地带着自己的可自由支配收入去寻找你的其他作品。

这就是你想要的。

但是，如果结语平淡乏味，读者就不会再有什么热情了。

那么，在结尾产生的这种奇妙的感觉来源于哪里呢？

简而言之，就是转换。

人物发生了重大的改变。

或者是脱胎换骨，变成一个全新的人，或者是变得更加强大。

《卡萨布兰卡》中的里克·布莱恩在结尾变成了一个与之前截然不同的人。

《亡命天涯》中的理查德·金布尔医生还是同一个人，还和过去一样正派，但是，因为他曾经不得不与对他来说相当可怕的对手做斗争，他的勇气和内心的力量强大了很多。

请注意这两种类型的转换是如何与镜像瞬间联系在一起的。

如果人物打量自己，沉思**我是谁?**，这说明他必然会变成另外一个人。

如果他打量自己，想的是**我可能会死掉**，这说明他必然会为了生存而变得更加强大。

请记住，故事里发生的事件都与战胜死亡有关，没有人在摆脱它之后还会保持原样。

你写的最后几页内容必须要证实这种转换。

如果你笔下的人物像理查德·金布尔一样变得更加强大了，那么通常只要有他活下来并且返回正常生活的事实就足够了。在《亡命天涯》的结尾，金布尔和萨姆·杰拉德一起坐在汽车的后座上，而这名警官之前一直在追捕金布尔。

“我以为你不在乎。”金布尔说。

“没错，”杰拉德说，然后笑了，“不要告诉别人，好吗?”

然后他们离开了，把金布尔送回了他自己的世界。

《冰血暴》(*Fargo*) 中有一个相似的节拍。玛戈·冈德森一如既往地是一名善良正派的女警察，不过，她刚刚从一台碎木机那里抓到一个可怕的杀人犯。

在驾车返回时，这个恶魔坐在她的巡逻警车的后排座位上，她对他说："那么，躺在地板上的应该是朗迪加德太太，我猜碎木机里的人是你的同伙。在布雷纳德杀了这三个人，到底是为了什么？为了那一点点钱。人生不只值那么一点钱，你知道的。难道你不知道吗？你看看，多么美好的一天。好吧，我真的搞不懂了。"

玛戈现在更加强大了。她抓到了那个杀手，但她还是原来的她。

在一个人物发生根本性改变的例子中，最好通过**展示**这种变化的方式来证明这种转换。

在《卡萨布兰卡》里，里克认识到，比起"三个小人物"的问题，应该为比它们更伟大的东西而活着。这涉及一个更大的语境，是对社会整体的关注。

关于这一点的证据是，他不仅吩咐伊尔莎与拉兹洛一起去坐飞机，而且为了确保他们能成行，他还用枪挟持了法国警官路易斯，之后又开枪打死了试图阻挠他们去赶飞机的纳粹少校斯特拉瑟。

这里只用证据来说话！里克为了他开始接受的信条而牺

牲了自己的全部生活。

我最喜欢的关于转换的例子来自《致命武器》。里格斯是以一个有自杀倾向的孤独的人的形象出场的，由于搭档默托的忠实以及默托家庭的温暖，他最终恢复了对生活的热爱。

回到反对转换的论点，里格斯曾经给默托看过一枚中空弹，那是他留着为在某一天打爆自己的脑袋而准备的。

现在，在结尾，里格斯在平安夜来到默托家里，默托的女儿听到门铃声后去开门，里格斯说他准备了一份礼物，请她转交给她的父亲。

他拿出那颗外面打了一个小蝴蝶结的子弹："告诉他，我再也不需要它了。"

转换得到了证明。

为什么这样做有用

只有人物发生了改变，故事才能结束。

在一些例子中，也可能发生拒绝改变的情况——这就会造成悲剧。

在极少数的情况下，改变（或者没有改变）可能到了最后仍然悬而未决。模棱两可的结局通常是纯文学作品采用的方式，例如《麦田里的守望者》，它让读者来决定霍尔登·考尔菲尔德是否将在痊愈后永远逃离那家疗养院。

其他的所有例子都为我们展示了这种转换。

你的读者会为了两件事情而买你的书：情感投入和故事完成。你把他们带上路，让他们和主角紧密地联结在一起，然后结束这个故事线。

运用熟练的技巧去做好这两件事情，你就会一举成功。坚持这么做下去，你将建立起自己的写作事业。

对设计情节式作家和直觉式作家有用的建议

以转换为起点构思一篇小说，是完全可行的。你想写某一个特定的人物，比方说一个堪萨斯农场的姑娘。你想写一个奇幻故事。你想把这个农场姑娘推到一个充满各种可怕事物的环境里。也许还要加一名女巫进来。

所有这些想法在你的头脑里翻腾不止。你可以立马在这里停下来，问你自己："我希望读者们在读到结尾的时候会产生什么样的感觉呢？"

你可能会回答："我希望他们觉得自己学到了很多东西。"

学到了哪些东西？

哦，你不应当这么快就想要出去冒险，它可能会让你陷入困境。可能家才是最好的地方。

嗯，没有比家更好的地方了。

或者，你想写一个有过不幸遭遇的人，就像理查德·金布尔，在结尾变得更加强大了。想象一下最后的战役和转换所需要的环境。与坏人进行一次殊死搏斗？在哪里？在一栋被占领的大楼里吗？

也许是这样的……

超级结构的提示

读者们喜欢担心。他们喜欢为那些他们关心的人物担心。他们为主角如何才能活着离开这个故事而忧心忡忡。从头到尾都要把这些问题放在你的脑子里，在故事结束时，给他们一个令人满意的结尾。他们会用他们的可自由支配的收入来感谢你的。

最后一点

请记住，超级结构的一切都是为了通过采取最有效的形式确保故事有力量——直觉、气质、心灵、情感——会对读者产生影响。

有了这些路标，你永远都不会误入歧途。

但是，这并不意味着你不能再尝试其他的策略，如果它看起来对你有用，或者你只是想打乱一切看看接下来会发生什么事情。

自由选择是你与生俱来的权利。

然而，我近二十年为作家们讲授课程而获得的经验是，只要对结构有了深刻的理解，他们的故事就会写得更好，更明白易懂，更强烈，更有影响力。

因此，超级结构原理可以归纳为：**你的故事的影响力与读者的阅读体验成正比，而读者的阅读体验又直接与结构的合理性成正比。**

当感觉结构“不在场”的时候，阅读体验会被稀释。读者说不出其中的原因，他们只是有这样的感觉。

而当结构“在场”的时候，读者又不会注意到它的存在。他们把纯粹的故事灌输到自己的大脑里，不会出现任何分神或者困惑。

超级结构提供紧凑的故事，任何时候都是这样。

那么，你要做的工作是用你自己的声音、想象、人物、对话、场景、出人意料的事件、风格把它填满。

当把**你**融入结构时，你就能创造出独一无二的作品，这使你成为一名能打破前人窠臼的作家，并建立起自己的写作事业。

感谢你阅读《超级结构》。如果它能够引起你的共鸣，请考虑在亚马逊页面（Amazon Page）上留下你的在线评论。

还有，如果你注册了我不定时发送的邮件更新信息（E-mail updates），一旦有新书或者新的信息出现，你将会第一时间收到通知。

祝你好运，我的朋友，也祝你能写出好的作品。

吉姆

其他一些你可能会感兴趣的写作类书籍：

《从中间开始写你的小说：为设计情节式作家、直觉式作家以及任何介于两者之间的作家们提供的一种新方法》(*Write Your Novel From the Middle*：*A New Approach for Plotters*，*Pantsers and Everyone in Between*)

《如何写出令人眼花缭乱的对话：改进所有稿件的最快途径》(*How to Write Dazzling Dialogue*：*The Fastest Way to Improve Any Manuscript*)

《作家的谋生方法》(*How to Make a Living as a Writer*)

提醒事项清单

此处摘录的是出现于本书各章节中的超级结构的注意事项，以供参考：

困扰并不一定非得在最开始的时候发生，你可以从头到尾都安排一些。当关于下一步写什么成了问题时，那就去制造麻烦。

在表现一个角色人性的一面时，你要把他与读者的集体无意识连接在一起。不要害怕坦露人性：关怀、缺点、怪癖、疑虑、内心冲突、爱、激情、愤怒、脆弱以及力量。

你的主角不仅仅是一台运转的机器。他还有自己的信念，而这些信念会受到故事中形形色色事件的挑战。

在写作或者设计情节时，练习“画面之外的场景”在任何时候都会产生很棒的效果。当你不知道下一步要写什么时，花一些时间就其他主要人物此刻的活动进行头脑风暴，想想他们想干什么我们看不到的事。

换一种方式来描述一部小说，它是关于一个人物遇到了**意志力量**挑战的故事。如果这个人没有采取行动，那他就不过是一个懦弱的人而已。你的主角绝不能是一个懦弱的人！但是有些事情会超出他的控制，就像是在一间闹鬼的屋子里，一扇门在他身后砰地一声关上了。我们可以把这些事件看成**插入的情节**。

请记住：制造麻烦是你的职责所在！在书中的每一个场景里，你都要毫不犹豫地做好你的工作。

当我们身陷危机时，我们会做出自己一生中最大的改变。不朽的小说同样建立在这个基础之上：它描述了一个人如何凭借意志的力量接受那些危及生命的挑战，并由于这种不懈的抗争而脱胎换骨。只有在我们感觉到**必须**有所转变时，才会**发生**转变。镜像瞬间为小说中的人物，最重要的是为读者清楚地指出了这一点。

如果主人公一门心思只为自己着想，就会给读者带来负面的印象，尽管这种印象可能不太明显。抚摸小狗的举动增添了一个极为必要的对立物，抵消了的这种不良氛围。它既可以是像救人一命这样的大事，也可以是像给予某人一句很有必要的友善的话这样的小事。

读者们不喜欢看到主角通过机缘巧合的方式帮助他人摆脱困境。因此，不要让第二道门有提供这种可能的机会。危机或者挫折可以以那样的方式出现，是因为它不是一种帮助，而是一个麻烦。但是，应该安排一个发现或者一条线索，是因为主角做了什么事情才发现了它，或者赢得了它。他费尽心力或者经过深入思考后，才打开了这道门。

无论你写的是哪一类小说，写出来的故事都应当给人一种像《星球大战》中的垃圾压缩机一样的感觉。你们的主角被推入小说的情境中，然后他注意到那些墙壁开始将他围困起来。在第二幕中，他还有时间去逃离危险，但在第三幕，时间都用完了，四周的墙壁即将把他压成碎片。

有一些最伟大的结尾——例如《卡萨布兰卡》——会涉及牺牲。再生只能发生于死亡之后，死亡常常是指主角最想拥有的事物的牺牲。它可能是他自己的生命，就像《斯巴达克斯》和《勇敢的心》中发生的一样。

一部小说写的是一个人运用意志力与死亡的力量做斗争的故事。这种战斗的缘由不能仅仅是分析性质的。我们会出于情感的原因而行动起来，而不仅仅是因为逻辑推理。

描述一个令人满意的故事的曲线发展的方式之一，是在最后表现出对**勇气**的追求。在一个外力型的结尾中，例如在恐怖小说中，主角必须鼓起勇气，与具有压倒性优势的对手做斗争。如果他死掉了，我们读到的是像《哈姆雷特》一样的悲剧。如果战争发生于内心世界，主角必须找到一种道德上的勇气，去做正确的事情。如果他没有找到，这个故事就会成为另一种类型的悲剧，主角留下来承担后果，就像《原野铁汉》这部保罗·纽曼主演的电影（由拉里·麦克穆特瑞的小说《骑士，向前》改编）的结尾那样。

读者们喜欢担心。他们喜欢为那些他们关心的人物担心。他们为主角如何才能活着离开这个故事而忧心忡忡。从头到尾都要把这些问题放在你的脑子里，在故事结束时，给他们一个令人满意的结尾。他们会用他们的可自由支配的收入来感谢你的。

创意写作书系

这是一套广受读者喜爱的写作丛书，系统引进国外创意写作成果，推动本土化发展。它为读者提供了一把通往作家之路的钥匙，帮助读者克服写作障碍，学习写作技巧，规划写作生涯。从开始写，到写得更好，都可以使用这套书。

综合写作		
书名	作者	出版日期
成为作家	多萝西娅·布兰德	2011 年 1 月
一年通往作家路——提高写作技巧的 12 堂课	苏珊·M. 蒂贝尔吉安	2013 年 5 月
创意写作大师课	于尔根·沃尔夫	2013 年 6 月
作家创意手册	杰克·赫弗伦	2015 年 1 月
与逝者协商——布克奖得主玛格丽特·阿特伍德谈写作	玛格丽特·阿特伍德	2019 年 10 月
心灵旷野——活出作家人生	纳塔莉·戈德堡	2018 年 2 月
诗性的寻找——文学作品的创作与欣赏	刁克利	2013 年 10 月
写好前五页——出版人眼中的好作品	诺亚·卢克曼	2013 年 1 月
写好前五十页	杰夫·格尔克	2015 年 1 月
从创意到畅销书——修改与自我编辑	詹姆斯·斯科特·贝尔	2016 年 1 月
来稿恕难录用——为什么你总是被退稿	杰西卡·佩奇·莫雷尔	2018 年 1 月
虚构写作		
小说写作教程——虚构文学速成全攻略	杰里·克里弗	2011 年 1 月
开始写吧！——虚构文学创作	雪莉·艾利斯	2011 年 1 月
冲突与悬念——小说创作的要素	詹姆斯·斯科特·贝尔	2014 年 6 月
情节与人物——找到伟大小说的平衡点	杰夫·格尔克	2014 年 6 月
人物与视角——小说创作的要素	奥森·斯科特·卡德	2019 年 3 月
经典人物原型 45 种——创造独特角色的神话模型（第三版）	维多利亚·林恩·施密特	2014 年 6 月
经典情节 20 种（第二版）	罗纳德·B. 托比亚斯	2015 年 4 月
情节！情节！——通过人物、悬念与冲突赋予故事生命力	诺亚·卢克曼	2012 年 7 月
如何创作炫人耳目的对话	詹姆斯·斯科特·贝尔	2016 年 11 月
超级结构——解锁故事能量的钥匙	詹姆斯·斯科特·贝尔	2019 年 6 月
故事工程——掌握成功写作的六大核心技能	拉里·布鲁克斯	2014 年 6 月
故事力学——掌握故事创作的内在动力	拉里·布鲁克斯	2016 年 3 月
畅销书写作技巧	德怀特·V. 斯温	2013 年 1 月
30 天写小说	克里斯·巴蒂	2013 年 5 月
从生活到小说（第二版）	罗宾·赫姆利	2018 年 1 月
小说创作谈	大卫·姚斯	2016 年 11 月

虚构写作		
写小说的艺术	安德鲁·考恩	2015 年 10 月
成为小说家	约翰·加德纳	2016 年 11 月
小说的艺术	约翰·加德纳	2021 年 7 月
非虚构写作		
开始写吧！——非虚构文学创作	雪莉·艾利斯	2011 年 1 月
写作法宝——非虚构写作指南	威廉·津瑟	2013 年 9 月
故事技巧——叙事性非虚构文学写作指南	杰克·哈特	2012 年 7 月
光与热——新一代媒体人不可不知的新闻法则	迈克·华莱士	2017 年 3 月
自我与面具——回忆录写作的艺术	玛丽·卡尔	2017 年 10 月
写出心灵深处的故事——非虚构创作指南	李华	2014 年 1 月
写我人生诗	塞琪·科恩	2014 年 10 月
类型及影视写作		
开始写吧！——影视剧本创作	雪莉·艾利斯	2012 年 7 月
开始写吧！——科幻、奇幻、惊悚小说创作	劳丽·拉姆森	2016 年 1 月
开始写吧！——推理小说创作	劳丽·拉姆森	2016 年 7 月
好剧本如何讲故事	罗伯·托宾	2015 年 3 月
经典电影如何讲故事	许道军	2021 年 5 月
童书写作指南	玛丽·科尔	2018 年 7 月
网络文学创作原理	王祥	2015 年 4 月
写作教学		
小说写作——叙事技巧指南（第十版）	珍妮特·伯罗薇	2021 年 6 月
你的写作教练（第二版）	于尔根·沃尔夫	2014 年 1 月
创意写作教学——实用方法 50 例	伊莱恩·沃尔克	2014 年 3 月
故事工坊（修订版）	许道军	2022 年 1 月
大学创意写作·文学写作篇	葛红兵 许道军	2017 年 4 月
大学创意写作·应用写作篇	葛红兵 许道军	2017 年 10 月
小说创作技能拓展	陈鸣	2016 年 4 月
青少年写作		
会写作的大脑 1——梵高和面包车（修订版）	邦妮·纽鲍尔	2018 年 7 月
会写作的大脑 2——怪物大碰撞（修订版）	邦妮·纽鲍尔	2018 年 7 月
会写作的大脑 3——33 个我（修订版）	邦妮·纽鲍尔	2018 年 7 月
会写作的大脑 4——亲爱的日记（修订版）	邦妮·纽鲍尔	2018 年 7 月
奇妙的创意写作——让你的故事和诗飞起来	卡伦·本基	2019 年 3 月
成为小作家	李君	2020 年 12 月
写作魔法书——让故事飞起来	加尔·卡尔森·莱文	2014 年 6 月
写作魔法书——28 个创意写作练习，让你玩转写作（修订版）	白铅笔	2019 年 6 月
写作大冒险——惊喜不断的创作之旅	凯伦·本克	2018 年 10 月
小作家手册——故事在身边	维多利亚·汉利	2019 年 2 月
北大附中创意写作课	李韧	2020 年 1 月
北大附中说理写作课	李亦辰	2019 年 12 月

创意写作课程平台

从入门到进阶多种选择，写作路上助你一臂之力

【品牌课程】叶伟民故事写作营

故事，从这里开始。

如果你有一个故事创意，想要把它写出来；

如果你有一个故事半成品，想要把它改得更好；

如果你在写作中遇到瓶颈，苦于无法向前一步；

如果你想找一群爱写作的小伙伴，写作路上报团取暖——

加入“叶伟民故事写作营”，让写作导师为你一路保驾护航。

资深写作导师、媒体人、非虚构写作者叶伟民，帮助你实现从零到一的跨越，将一个故事想法写成一个完整的故事，继而迈出从一到无限可能的重要一步。

【写作练习】“开始写吧！——21天疯狂写作营”

开始写吧！——21天疯狂写作营，每年招新，专治各种“写不出来”。

你有没有遇到过这样的情况：

拿起笔来，或是把手放到键盘上，这时大脑变得一片空白，一个字也写不出来？

或者，写着写着，突然就没有灵感了？

或者，你喜欢写作和阅读，但就是无法坚持每天写？

再或者，你感觉写作路上形单影只，找不到志同道合的小伙伴？

“开始写吧！——21天疯狂写作营”为你提供一个可以每天打卡疯狂写作的地方。

依托“创意写作书系”里的海量资源，班主任每天发布一个写作练习，让你锻炼强大的写作肌。

★ ★ ★

写作营每年招新，课程滚动更新，可扫描右侧二维码了解最新写作营及课程信息，或关注“创意写作坊”公众号（见本书后折口），随时获取课程信息。

图书在版编目（CIP）数据

超级结构：解锁故事能量的钥匙/（美）詹姆斯·斯科特·贝尔（James Scott Bell）著；李安译．—北京：中国人民大学出版社，2019.6
（创意写作书系）
书名原文：SUPER STRUCTURE：THE KEY TO UNLEASHING THE POWER OF STORY
ISBN 978-7-300-26611-4

Ⅰ.①超… Ⅱ.①詹… ②李… Ⅲ.①故事-文学创作方法 Ⅳ.①I054

中国版本图书馆 CIP 数据核字（2019）第 003168 号

创意写作书系
超级结构
解锁故事能量的钥匙
[美] 詹姆斯·斯科特·贝尔（James Scott Bell） 著
李安 译
Chaoji Jiegou

出版发行	中国人民大学出版社		
社　　址	北京中关村大街 31 号	**邮政编码**	100080
电　　话	010－62511242（总编室）		010－62511770（质管部）
	010－82501766（邮购部）		010－62514148（门市部）
	010－62515195（发行公司）		010－62515275（盗版举报）
网　　址	http://www.crup.com.cn		
经　　销	新华书店		
印　　刷	北京联兴盛业印刷股份有限公司		
规　　格	145 mm×210 mm　32 开本	**版　　次**	2019 年 6 月第 1 版
印　　张	7 插页 2	**印　　次**	2024 年 7 月第 3 次印刷
字　　数	98 000	**定　　价**	45.00 元